KOMBINA

Alle Kombinationen, die du während d… kannst: Du kannst jede der in den Z… angegebenen Situationen mit den Objekten in den Spalten kombinieren und dir das jeweilige Ergebnis im Abschnitt mit der entsprechenden Nummer ansehen. Doch Vorsicht: Du darfst kein Objekt benutzen, das du (noch) nicht besitzt!

	Karotte	Redstone-Pulver	Mohnblume
Mooshroom	31	54	41

	2 Stöcke + 1 Schnur	3 Stöcke + 2 Schnüre	3 Stöcke + 3 Schnüre
Gärtnerhaus	36	57	49

	Karotte	Schere	Redstone-Pulver
Kürbis	47	52	34

	Schüssel	Nemesis der Gliederfüßer	Rezeptbuch
Spinne	44	74	65

	Kürbis	Goldblock	Redstone-Pulver
Notenblock	76	81	89

	1 Goldblock	Apfel	8 Goldblöcke + Apfel
Zombie im Geheimgang	88	92	98

EVA GRYNSZPAN

TRAU DICH,

ESCAPE BOOK

LÖSE DIE RÄTSEL

UND ENTKOMME DEM BUCH!

DIE SCHULE DER SCHRECKEN

ULLMANN

VORSICHT!

ZU DIESEM BUCH

Dieses Buch brauchst du nicht Seite für Seite zu lesen wie einen gewöhnlichen Roman. Du wirst im Laufe der Lektüre von selbst darauf kommen, wie du am besten vorgehst.

Allerdings solltest du auch nicht zu viel im Buch herumblättern ... Denn dadurch gefährdest du nur dein eigenes Abenteuer und den Spaß an der Entdeckung.

Folge ganz genau den Anweisungen, die du erhältst. Leg dir einen Bleistift und ein Radiergummi zurecht, denn beides wirst du brauchen.

ZU DEN ANHÄNGEN

Im Vor- und Nachsatzpapier und am Ende des Buches findest du verschiedene Anhänge. Du solltest sie erst dann zurate ziehen, wenn du dazu aufgefordert wirst! Lass vorher die Finger davon oder du läufst Gefahr, dir dein eigenes Abenteuer zu verderben! In den Anhängen findest du auch Hinweise, die dir helfen werden, wenn du mal nicht mehr weiterkommst.

Dein Abenteuer beginnt bei der Nummer 01.

DU

Bei diesem Abenteuer **gibst du den Ton an!** Davor hast du keine Angst, aber sei auch vorsichtig: **Denk** ab und zu mal über die Folgen deines Handelns **nach** und hör auf die Ratschläge deiner beiden Freunde!

ADRIAN

Dein **bester Freund** ist clever und verblüfft dich immer wieder damit, wie **gut er sich mit *Minecraft* auskennt**. Er ist **mutig** wie sein Lieblingstier, der Tiger, und ist dir selbst in schlimmen Situationen eine Hilfe.

MAX

Max ist Adrians **Lama** und hat ein tolles weißes Fell. Da er viel weiß und dir **gute Tipps** gibt, ist er dein bester Verbündeter bei diesem Abenteuer. Aber Vorsicht: Er ist ein bisschen **empfindlich** …

01

— „Komm sofort da raus! Ich glaube, ich hab ihn gefunden!“

— „Ja, ich komme ... Gib mir noch zwei Minuten!“

Adrian ist ja ganz nett, aber er muss immer übertreiben! Nicht nur, dass er dich die ganze Nacht angetextet hat, damit du ihm – ohne Erfolg – dabei hilfst, den Unbesiegbarkeitsbefehl bei *Minecraft* zu finden, nein, jetzt verfolgt er dich sogar bis zu den Schultoiletten! Man kann nicht mal mehr in Ruhe aufs Klo gehen!

— *„Yes,* ich hab ihn gefunden! Ich bin unbesiegbar!“, ruft Adrian durch die Kabinenwand.

— „Ernsthaft? Du hast das Spiel gehackt?“

Wow – dein Freund ist echt ein Profi in Sachen Videospiele!

— „Ich probier's auch mal auf deinem Handy aus, okay?“, schlägt er vor.

— „Ja, ja, es ist in meinem Rucksack, im Klassenraum!“

Adrian rennt in die Klasse zurück. Puh – endlich hast du deine Ruhe und sitzt hier gemütlich ...

Ein Geräusch schreckt dich auf. Ist das ein ... Blöken? Ups, du musst eingeschlafen und ins Träumen geraten sein. Jetzt bloß schnell zurück in den Unterricht, Herr Pichler mag es gar nicht, wenn Schüler zu spät kommen. Während du aufstehst, kommt dir die enge Kabine seltsam verpixelt vor. Du reibst dir die Augen, denn deine Mini-Siesta hat dir offenbar den Blick vernebelt. Du willst die Klinke der Kabinentür ergreifen ... aber sie ist nicht mehr da! Egal, dann kletterst du eben über die Kabinenwand, die ist gar nicht so hoch.

Du hast es rüber geschafft! Und nach dieser Anstrengung bist du auch wieder ganz wach. Allerdings kommt dir noch immer alles seltsam vor. Die Struktur der Wand, die eckige Seife, die ebenfalls eckige Klopapierrolle – du könntest schwören ... Du schaust in den Spiegel. Nein, das ist doch nicht möglich! Deine Nase, dein Mund, deine Augen ... dein ganzes Gesicht sieht aus wie das einer Figur in *Minecraft!* Und ... du hast keine Hände mehr! Nur noch lange, rechteckige Stangen sind an deinem Oberkörper befestigt.

Du glaubst es nicht: Du bist in einem Videospiel. In einem, das du gut kennst. Aber du spielst nicht, sondern du bewegst dich, du atmest, du berührst Gegenstände ... **du lebst in *Minecraft!***

– HIIIIIIHIHIIIIII!

Ein Wiehern ist zu hören. Die Tür geht auf und ein weißer, rechteckiger Kopf mit zwei Ohren wird sichtbar, gefolgt von einem würfelförmigen Körper aus weißem Fell ... ein Lama!

— „DA BIST DU JA ENDLICH!!!“

Hast du das gehört? Das Lama hat gesprochen! Aber selbst in *Minecraft* gibt es keine sprechenden Lamas!

— „Sprichst ... Sprichst du mit mir?“

— „Ja. Ich bin Max, Adrians Lama. Du hast aber lange geschlafen! Ich bringe dir deinen Rucksack.“

Adrians Lama? Okay, in *Minecraft* hatte er ein Lama adoptiert. Und es hat tatsächlich deinen Rucksack.

Aber das ist doch alles komplett verrückt!

— „Wie kannst du hier sein?“, fragst du. „Wo ist Adrian? Und WARUM bin ich in *Minecraft?* Das gibt's doch gar nicht!“

— „Guck in deine Tasche, wenn du mir nicht glaubst. Adrian hat dir eine Nachricht hinterlassen.“

Du durchwühlst deinen **Rucksack** bei Nummer 02.

02

In deinem Rucksack findest du einen hingekritzelten Brief. Sofort erkennst du die Schrift deines Freundes Adrian:

Voll die Katastrophe! Mein Unbesiegbarkeitsbefehl hat uns ins Spiel versetzt. Und hier wimmelt es nur so von gefährlichen Wesen. DU MUSST DEN SCHLÜSSEL ZU DIESEM SPIEL FINDEN, um hier wieder rauszukommen! Es ist ein Gegenstand mit glatter Oberfläche, nicht verpixelt wie die anderen. Aber vor allem SCHÜTZE DICH vor den Monstern! Mit allem, was du findest, mit Waffen oder Zaubertränken. Mein Lama wird dir helfen. Ich schaue mich auch überall um und informiere dich, wenn ich irgendwelche Hinweise finde – per SMS, falls es hier ein Netz gibt, oder auf Papier. Ich werde Codewörter benutzen, damit die Monster uns nicht verstehen. Also pass auf dich auf, ich höre Schreie von ...

Die Nachricht ist unvollendet. Hoffentlich geht es Adrian gut!

— „Keine Sorge, Adrian ist gesund und munter. Zumindest bis jetzt …“, sagt Max das Lama. „Er hat die Gefahr gespürt, hat mir seine unvollendete Nachricht übergeben und ist geflüchtet.“

Tief unten im Rucksack findest du dein **Handy.** Du versuchst, Adrian anzurufen, doch du bekommst kein Freizeichen.

Dann ist da noch ein zerknittertes Stück **Papier,** eine Art Plan, den Adrian gekritzelt hat. Du erkennst die lila Tinte, mit der er auch seine Nachricht geschrieben hat.

— „Pass auf dein Handy auf, auch wenn du im Moment kein Netz hast“, rät Max. „Es kann dir noch nützlich sein.“ Vergiss nicht, es im **Verzeichnis in Anhang A1** am Ende des Buches abzuhaken. Behalte auch den Plan im Hinterkopf. Du findest ihn in Anhang **A4** und im **Vorsatzpapier.** Schau dir die Zahlen auf der Karte an! Im Moment bist du bei **02.** Von hier aus kannst du an alle nummerierten Orte gehen, zu denen eine durchgehende Linie führt. Zu den Zahlen dieser Orte findest du entsprechende Abschnitte im Text. Aber Vorsicht: Willst du Orte aufsuchen, zu denen nur eine gestrichelte Linie führt, musst du zunächst den Zugang entsperren. Danach kannst du bei Bedarf auch wieder umkehren. Im Augenblick kannst du entweder in die **Eingangshalle** [30] oder in die **Besenkammer** [04] gehen.

— „Und wenn nun Monster auf dem Flur sind?“, schreist du.

— „Ich komme ja gerade von da, es ist alles ruhig. Ja, da sind ein paar Türen, die man besser nicht öffnet … Aber du solltest trotzdem alles erkunden, bevor du dich auf das hier einlässt“, sagt Max. „Und du brauchst etwas, womit du dich verteidigen kannst.“

Das klingt nicht beruhigend, aber trotzdem öffnest du die Tür einen Spalt. Tatsächlich – auf dem Flur ist niemand. Du siehst den Eingang der Schule, der nach Unterrichtsbeginn wie immer geschlossen ist. Von Weitem hörst du laute Geräusche:

HUUUWEUHOOOH! HUUUWEUHOOOH!

Ein monstermäßiges Geschrei! Es kommt aus der **Eingangshalle.**

Jetzt brauchst du etwas Mut. Schau auf den **Plan.** Zur **Halle** geht es bei Nummer **30**, Richtung **Besenkammer** bei Nummer **04**.

· 03 ·

Trotz der entfernten Schreie begegnet dir nichts Gefährliches auf dem Flur. Arglos öffnest du die Tür zum Klassenraum, denn du hoffst, hier ein paar deiner Freunde wiederzutreffen.

GROOOOOOOOOOON!!!

Ach du Schreck! Kein einziger Schüler ist mehr im Raum, stattdessen stoßen grunzende **Schweinezombies** alle Möbel um. Aber Moment ... Trägt nicht eines von ihnen Nolans gestreifte Mütze? Und hat nicht ein anderes Jasmins riesige blaue Brille auf der Nase?

— „Max, bitte sag nicht, dass sich alle Schüler in Schweinezombies verwandelt haben?"

— „Doch", nickt das Lama traurig. „Du und Adrian, ihr seid durch seinen Unbesiegbarkeitsbefehl davor geschützt worden."

— „Ich frage mich ja, welches von denen Herr Pichler ist."

Doch kein Schwein trägt die fiese Wollkrawatte deines Lehrers.

GRRMBLMGRMBLGRMMBLL ... Aber welches macht dieses Geräusch? Max schaut dich irritiert an. Ups, das ist ja dein Bauch! Nach deiner Siesta hast du jetzt Hunger.

— „Iss was, sobald du kannst“, sagt Max, nachdem dein Magen so laut geknurrt hat. „Denn sonst geht dir bald die Puste aus.“

Wenn du beschließt, **das Lehrerpult zu durchsuchen,** geh zu Nummer **07**. Du kannst aber auch bei **08** nach Hinweisen auf den **Tischen deiner Mitschüler** suchen oder bei **06** versuchen, Informationen von einem der **Schweinezombies** zu erhalten.

Schau auf den Plan auf S. 95: Du kannst den Klassenraum auch verlassen und an einen anderen Ort gehen, zu dem du Zugang hast.

04

Mist, du kriegst die Tür zur Besenkammer nicht auf! Sie ist mit einem Zahlenschloss gesichert. Blöd, denn du hattest gehofft, dort etwas zu finden, mit dem du dich verteidigen könntest.

Im ersten Ziffernfeld des Schlosses ist eine Null zu sehen, die beiden anderen Felder sind leer.

An der Tür klebt ein Zettel. Da steht etwas mit lila Tinte geschrieben! Bestimmt von Adrian ... Aber was für eine seltsame Nachricht!

Wie viele Lamas?

M	A	X	M	A	X
M	A	X	A	M	A
A	M	X	X	X	M
A	X	A	M	A	M
M	A	X	A	A	X
M	X	A	X	X	X

— „Was soll das denn heißen?“, fragst du Max. „Bist du mit einer ganzen Herde Lamas unterwegs?“

— „Aber nein“, antwortet Max. „Adrian hat seine Nachricht verschlüsselt. Du musst sie decodieren. Man kann meinen Namen in alle Richtungen lesen: von links nach rechts, rechts nach links, oben nach unten, unten nach oben, diagonal nach oben oder unten. Wie viele Male findest du den Namen Max? Das Ergebnis ist die Zahl, die man im Schloss einstellen muss, neben der Null.“

Geh zu dem Abschnitt mit **DER NUMMER, DIE DEINER ANTWORT ENTSPRICHT.**

Wenn du dort nichts findest, kannst du in die **Eingangshalle** **[30]** gehen. Aber wenn Adrian dir eine Nachricht hinterlassen hat, dann ist sie sicher wichtig! Bei den **Hinweisen und Lösungen in Abschnitt A3 am Ende des Buches** findest du Hilfe.

· 05 ·

Was hattest du für einen Hunger! Jetzt geht's dir besser, aber so richtig in Form bist du immer noch nicht. Und du hast keine Zeit zu verlieren, sondern musst den Schlüssel zum Spiel finden.

Du näherst dich der Tür. Im selben Moment geht sie auf: Oh nein! Der mumifizierte Zombie! Er schaut rüber zu den Desserts.

HÖÖÖÖOOOOOH!

Du hast ihm seine Kuchen gestohlen! Das scheint ihm nicht zu gefallen, auch wenn er sie vielleicht gar nicht gegessen hätte. Bevor du fliehen kannst, packt er dich am Arm. Du musst ihn irgendwie loswerden!

Eigentlich würdest du gern rennen, aber es reicht nur zu kleinen Schritten. So ist das, wenn man Hunger hat! Der Zombie-Koch hat dir das letzte Bisschen Energie geraubt, das du noch hattest. Du wirst noch langsamer. Hinter dir hörst du den schweren Schritt des Zombies. Du **fällst zu Boden,** der Hunger hat dich fertiggemacht. Geh zu Nummer **17**.

06

GROOON! GROOON! Die Schweinezombies ignorieren dich und rennen ziellos im Kreis herum. Du näherst dich ihnen langsam, um sie nicht aggressiv zu machen. Je länger du sie beobachtest, desto besser erkennst du in ihnen deine Mitschüler: Der da trägt seine Kopfhörer um den Hals, die da eine Kette ... Vielleicht erkennen sie dich ja auch und werden dir helfen? Aber sicher! Nolan mit der gestreiften Mütze und Jasmin mit der blauen Brille sind zwei deiner besten Freunde: Jede Stunde verbringt ihr damit, euch heimlich über Herrn Pichler lustig zu machen!

Wenn du dich dafür entscheidest, **dich Nolan mit einem Lächeln zu nähern,** geh zu Nummer 10. Willst du lieber **misstrauisch bleiben und langsam auf Jasmin zugehen,** mach bei der 18 weiter.

07

Außer einem Kaktus ist da nur ein Schulbuch auf dem Lehrerpult. Aber da sind zwei Schubladen. Die erste ist leer. Die zweite auch ... nein, doch nicht, da ist ein gefalteter Zettel. Offenbar ein **Notizzettel** von Herrn Pichler. Da hattest du mehr erwartet!

Hake den Zettel trotzdem in deinem **Verzeichnis** ab.

Sonst findest du hier nichts mehr. Du kannst nun **die Tische untersuchen [08], mit einem Schweinezombie reden [06]** oder an einen anderen Ort gehen, zu dem du laut Plan Zugang hast.

08

Du hältst dich von den Schweinezombies fern und durchsuchst den Klassenraum in der Hoffnung, dass Adrian dir einen Hinweis hinterlassen hat, mit dem du aus dem Spiel aussteigen kannst.

Normalerweise sitzt er in der dritten Reihe, weit genug vom Lehrer weg. Aber auch nicht zu weit, denn Herr Pichler weckt gern die schlafenden Schüler in den hinteren Reihen. Auf den Tischen liegen Bücher, Hefte und Stifte. Du checkst alle, vor allem die in der dritten Reihe. Und du hast Glück: Da liegt ein Mäppchen mit Adrians Lieblingstier, dem Tiger. Darunter ein Buch mit einem dicken braunen Umschlag, darin ein bekritzeltes Lesezeichen. Du schlägst die Seite auf und fängst an zu lesen:

— „‚*Kuchen, Kürbistorte …*‘ Boah, was hat Adrian für eine üble Schrift, ich kann das kaum lesen."

— „Sein **Rezeptbuch"**, bestätigt Max. „Was für ein Schatz!" Es wird sicher noch von Nutzen sein, auch wenn manche Stellen schwer zu lesen sind. Hake es in deinem **Verzeichnis** ab.

Du machst Fortschritte, sehr gut! Um die **Rezepte aus dem Buch** genauer zu untersuchen, musst du **Anhang A5** aufschlagen.

Du betrachtest das **Lesezeichen.** Es besteht ja aus zwei Rechtecken! In dem einen steht etwas mit lila Tinte geschrie-

dere ist leer, aber an einigen Stellen eingeschnitten.

en **Text auf dem Lesezeichen lesen**, geh zur [11]. Oder **untersuche das Pult des Lehrers** [07], **sprich mit einem Schweinezombie** [06] oder gehe an einen anderen Ort, zu dem du laut Plan Zugang hast.

09

Die Schreie, die du hörst, machen dich nicht ruhiger, du beeilst dich. Du schlüpfst durch das Loch in den Park und hältst dich nicht damit auf, es wieder mit Backsteinen zu verschließen.

Hinter dir hörst du plötzlich Schritte. Ein **Creeper** ist dir gefolgt! Und du hast vergessen, dass die nicht schreien!

Mit seinen vier Füßen sieht er furchterregend aus. Du glaubst zu erkennen, dass er die Krawatte von Herrn Pichler trägt. Das ist dein letzter Gedanke, denn er ist schon ganz weiß und explodiert mit einem tödlichen Zischlaut. Du wirst für immer im Spiel gefangen bleiben. Geh zu **Nummer 17**.

10

Vertrauensvoll näherst du dich Nolan, dem Schweinezombie. Aber Pech gehabt! Du hast ihn **erschreckt!** Er fängt an, Schreie auszustoßen, wodurch er die Aufmerksamkeit der anderen Schweine erregt. Einer nach dem anderen kommen sie auf dich zu und **kreisen dich ein.** Von deinen eigenen Klassenkameraden überwältigt, **brichst du zusammen.** Zu so einem frühen Zeitpunkt ist das besonders schade. Geh zu Nummer 17.

Benutze die Maske

11

Schlüssel	zu	guten	Ferien	ist	die	Wahl	des	Hotels.
Halle	oder	Zimmer –	gut,	wenn das	Hotel	im	Zentrum	liegt –
nicht in	der	trostlosen	Wüste,	Schönheit	findet	man da	nur	im Kaktus.
Mit dem	Licht,	das ins	Zimmer	fällt,	kommt	der	echte	Komfort.
Man	gewöhnt	sich dran,	gar	lockt man	sich	selbst zum	Frühstück	ins Bett
und	sitzt	steif wie	die	Zombies,	wo man	doch zum	Sport	in die
Turnhalle	gehen	könnte.	1	3	5	6	9	3

Du liest den Text auf dem Lesezeichen.

— „Aber … Der spinnt ja!“, rufst du aus. „Wir sind in einem Spiel gefangen und er redet von Ferien!“

— „Das ist codiert“, sagt Max. „Adrian hat dir einen Hinweis gegeben, als er von der Maske gesprochen hat.“

— „Von welcher Maske?“, fragst du und bist noch verwirrter.

— „Das andere Rechteck, das weiße mit den Löchern!“, antwortet Max. „Damit kannst du die wirkliche Nachricht von Adrian lesen.“ Benutze es wie eine Maske: Leg es über den Text und die wirklich wichtigen Wörter werden sichtbar. Die Form kannst du ganz hinten im Buch kopieren und ausschneiden. Wenn du sie auf die Nachricht legst, wird deren Sinn klar! Aber Vorsicht: Du musst die Maske richtig herum auf den Text legen ...

Schau im Anhang auf **S. 91** und du weißt, **ZU WELCHER NUMMER DU GEHEN MUSST.**

· 12 ·

Du drehst an den Ziffern des Zahlenschlosses herum, bis **012** angezeigt wird. Und das Schloss geht auf!

Bravo! Du hast dir Zugang zur Kammer verschafft!

Drinnen findest du: Staubsauger, Putzmittel, Scheuertuch ... nicht gerade ideal, um gegen ein Monster zu kämpfen. Aber da ist auch eine Werkzeugkiste! Mit Nägeln, Schraubenzieher, Rohrzange, Schere ... Eine Schere! So eine benutzt du oft im Spiel, um Dinge zurückzubekommen. Du steckst sie in den Rucksack.

Du stößt auch auf eine Kiste. Darin befindet sich eine größere Menge eines roten Pulvers: Es ist **Redstone-Pulver!** Super,

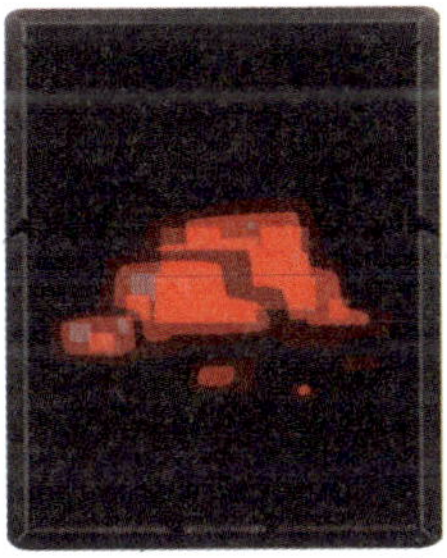

damit kannst du Mechanismen entwickeln und Gegenstände herstellen!

Hake die Schere und das Redstone-Pulver in deinem **Verzeichnis** ab.

Du hast eine sehr wichtige Entdeckung gemacht. Du kannst deine Untersuchung nun **in der Halle** [30] fortsetzen oder an einen anderen Ort gehen, zu dem du laut Plan Zugang hast.

13

Bravo, du hast die Nachricht entschlüsselt. Jetzt untersuchst du den Kaktus auf dem Lehrerschreibtisch.

— „Aua, das sticht!“, sagst du wütend.

Doch dann hältst du triumphierend den **Schlüssel zur Halle** in die Höhe. Er war in der Kaktuserde vergraben. Wohl ein Nachschlüssel, den Herr Pichler dort versteckt hat, denn das Original trägt er immer bei sich. Hake den Schlüssel in deinem **Verzeichnis** ab.

Okay, jetzt kannst du also die Halle betreten … aber du musst immer noch die Zombies loswerden, die dort herumspuken!

— „Adrian ist echt clever“, bemerkt Max. „Er sagt dir, wie du gegen die **lichtscheuen Zombies** vorgehen sollst: Du musst sie **dem Licht aussetzen,** damit sie alle in die **Turnhalle** fliehen. Dort **sperrst du sie dann ein …**“

Du denkst laut: „Das Licht einzuschalten oder die Vorhänge aufzuziehen, ist an sich nicht schwierig. Aber ich muss schneller sein als sie.“

— „Mit anderen Worten: Du brauchst einen **Zaubertrank, der dich schneller macht“**, sagt Max.

Dieses Lama ist wirklich genial! Schau im **Anhang A5** in Adrians Buch nach, ob du das Rezept für diesen Trank findest, und besuch die Orte, zu denen du Zugang hast, z.B. den **Musiksaal** [35] oder die **Cafeteria** [22]. Du kannst aber auch erst den **Klassenraum** [03], in dem du gerade bist, zu Ende untersuchen.

14

Du hast 14 Lebensmittel verbraucht, um dich zu ernähren bzw. um deine beiden Desserts daraus zu zaubern! **Deine Backwaren sind jetzt fertig,** du verlässt die Küche und betrittst vorsichtig die Cafeteria. Es ist weit und breit kein Schweinezombie in Sicht, also stellst du deinen Kuchen und deine Kürbistorte in die Verkaufstheke, als wären sie nie weggewesen.

Bravo! **Setze** jetzt **deine Untersuchung** im Flur bei **29 fort.**

15

Hinter dem Tresen konsultierst du Band 15 von *Hexen heute*. Zwischen den Wörterbüchern hat er eigentlich nichts zu suchen. Und es ist genau dieser Band, der bei der Direktorin gefehlt hat. Du willst das Buch in die Hand nehmen, aber es rührt sich nicht. Du kannst es nur etwas in deine Richtung kippen … und plötzlich gerät das ganze Regal in Bewegung! Es rutscht

zur Seite und legt eine Öffnung frei. Ein **geheimer Gang!** Vor dir führt eine dunkle Treppe nach unten. **Bravo, du hast einen Zugang entriegelt!** Jetzt kannst du zu Nummer 83 gehen.

Doch Vorsicht, du betrittst unbekanntes Gelände ... Hast du alle Dinge bei dir, mit denen du dich schützen kannst? Falls nicht, kannst du noch einmal zurückgehen und deine Untersuchung beenden.

16

Du drückst auf den Schalter, auf dem ein Pfeil nach oben zeigt, und ganz langsam heben sich die Elektrorollos in der Eingangshalle. Kaum hat das **Sonnenlicht** ihre Füße gestreift, heulen die herumirrenden Zombies laut auf und verschwinden.

Bald schon haben sich alle Zombies jammernd in die Turnhalle zurückgezogen: Na also – klappt doch!

Als alle drin sind, verriegelst du die Tür. Was für eine Erleichterung! Schon mal eine Bande eingesperrter Monster, vor denen du dich nicht mehr fürchten musst.

Bravo, du hast nun freie Bahn für dein weiteres Vorgehen! Du kannst die Halle durchqueren und dich zur 50 begeben.

• 17 •

Leider endet dein Abenteuer hier. Aber du kannst **es noch einmal versuchen!** Dafür musst du nur alle Häkchen, die du in deinem Verzeichnis schon gesetzt hast, wieder **ausradieren** und bei 01 **neu anfangen.**

• 18 •

Ganz langsam, um sie nicht zu erschrecken, näherst du dich Jasmin. Aber wie sollst du sie für dich einnehmen? Sie wirkt zwar recht brav, aber ziemlich selbstbewusst. Dir fällt ein Lied von eurem liebsten Rapper-Duo ein, das ihr beide mögt. Ganz leise summst du den Refrain vor dich hin. Jasmin wendet dir ihren dicken Schweinekopf zu ... und wiegt ihn im Takt mit! Du hast es geschafft – deine Anwesenheit stört sie nicht mehr!

Und es kommt noch besser: Als sie zum Klang deiner Melodie

wieder zu den anderen watschelt, lässt sie einen Gegenstand zurück. Wow, es ist ein Schwert! Du entfernst dich von den Schweinezombies und zeigst es Max.

— „Bravo“, gratuliert er dir. „Du hast nun ein **Zauberschwert**, nämlich die **Nemesis der Gliederfüßer!** Hake sie in deinem **Verzeichnis** ab, denn sie verleiht dir Macht.“

Du hast zu einer guten Strategie gefunden. Du kannst jetzt den **Schreibtisch des Lehrers inspizieren** [07], **dir die Schülerpulte genauer ansehen** [08] oder an einen anderen Ort gehen, zu dem du laut Plan Zugang hast.

· 19 ·

In der Küche liegen Eier. Du untersuchst sie, um herauszufinden, ob sie der Schlüssel zum Spiel sind, aber sie sind nicht glatt, sondern verpixelt. Auch egal! Sie sind ein guter Anfang, um **einen Kuchen und eine Kürbistorte** zu backen.

— „Beeil dich, damit der Zombie nicht merkt, dass die Desserts fehlen“, rät dir Max. „Sonst wird er uns nämlich finden und sich rächen, das ist mal sicher! Und bewahre alle Lebensmittel auf, die du nicht brauchst, denn die können immer noch nützlich sein, um Zaubertränke daraus herzustellen.“

Du durchwühlst die Vorratsfächer und den Kühlschrank und legst alle Lebensmittel auf die Arbeitsfläche:

4 Pk. Weizen	2 Karotten
3 Eimer Milch	1 Apfel
4 Pk. Zucker	
2 Eier	
3 Kürbisse	

Um dir Mahlzeiten zubereiten zu können, schnappst du dir zusätzlich eine **Schüssel.** Hake alle genannten Nahrungsmittel und die Schüssel in deinem **Verzeichnis** ab.

— „Esch wäre bescher gewesen, eine Karotte tschu essen", sagt Max kauend. „Und behalte scho viel wie möglich von den Tschutaten übrig für später."

Er hat dir eine Packung Weizen weggefressen! Aber er soll dir doch helfen und nicht dein Essen stehlen!

Eine Packung Weizen kannst du also gleich wieder wegstreichen. Davon abgesehen hat Max nicht unrecht, und du isst eine Karotte, um endlich satt zu werden. Und schon bist du wieder voller Energie! Streiche also in deinem Verzeichnis auch eine Karotte weg.

Dir fällt auf, dass noch weitere Karotten im Kühlschrank sind. Umso besser! Solltest du also noch welche brauchen, kannst du hierher zurückkommen und sie dir holen, aber bis dahin lässt du sie am besten im Kalten!

Um Torte und Kuchen zu backen, schau in **deinem Rezeptbuch** nach. Solltest du das nicht haben, erforsche erst andere Orte.

Und vergiss nicht, in deinem Verzeichnis die Zutaten zu streichen, die du beim Backen verbraucht hast. **Wie viele Nahrungsmittel hast du am Ende insgesamt durchgestrichen?**

Geh zu dem Abschnitt **MIT DER ZAHL DEINER ANTWORT**.

Hilfe bekommst du **in Abschnitt A3** am Ende des Buches.

20

Eine Nachricht von Adrian! Und du dachtest, dass hier keine Textnachrichten durchkommen. Doch sosehr du dich auch anstrengst – was Adrian da schreibt, ist völlig unverständlich.

Nbdi ejs fjofo Cphfo (bvt Tupdl + Tdiovs)

???

Tupfdlf bvt efn Ipg!

Efs Tdimvfttfm avn Ipg jtu jn Lmbwjfs jo efs Esfjvoewjfsajh.

Was?

Xbt?

Ich versteh kein Wort.

:(

— „Das ist verschlüsselt", beklagst du dich.

— „Das Spiel verändert die Funkwellen von Handys", erklärt dir Max. „Adrian dürfte dich auch nicht verstehen. Aber: Wenn du ‚Was?' sagst – glaubst du nicht, dass er dann dasselbe antwortet? Gibt es im Alphabet nicht einen Zusammenhang zwischen ‚Was' und ‚Xbt'?"

Wenn du verstehst, was Adrian dir sagt, dann geh zu dem **ORT, DEN ER DIR NENNT**.

Wenn du aber Hilfe brauchst, findest du sie bei den **Hinweisen und Lösungen in Abschnitt A3** am Ende des Buches.

· 21 ·

Um dich herum breitet sich der Rasen des Parks aus, und in der Nähe des Gärtnerhäuschens blühen Mohnblumen.

— „Wunderschön, diese Mohnblumen", sagt Max. „Wenn man sie richtig einsetzt, können sie von großer Wirkung sein."

Du bist nicht in der Stimmung, Blumen zu betrachten, doch du pflückst eine **Mohnblume** – nur für den Fall, dass du ihre Zauberkräfte einmal brauchen könntest. Von Ferne erkennst du menschliche Umrisse. Ihre Knochen schlagen lautstark gegeneinander: Es sind **Skelette!** Doch sie scheinen friedlich zu sein. Sie haben euch nicht gesehen und halten ihre Arme eng am Körper.

– MUUUUH! MUUUH!

— „Psst! Sei doch leise!", beschwörst du Max. „Du siehst doch, dass da Skelette sind!"

— „Das bin ich doch gar nicht“, antwortet Max etwas gekränkt. „Ich wiehere viel melodischer.“

Tatsächlich ist es nicht Max. Vor euch steht eine Herde Kühe, oder besser: **Mooshrooms.** Die meisten sind rot, eine ist braun.

— „Die muss der Blitz getroffen haben“, sagt Max. „Und zwar weil Adrian mit seinem Unbesiegbarkeitsbefehl alles durcheinandergebracht hat. Durch den Blitz sind auch die Schweinezombies entstanden und sicher noch andere, gefährlichere Kreaturen.“ Er seufzt. „Die gute Nachricht ist, dass braune Mooshrooms passiv sind und ihre Milch Zauberkräfte hat. Du kennst nicht zufällig ein Rezept damit?“

Wenn du **Holz sammeln willst,** geh zur **33**. Du kannst aber auch das **Gärtnerhäuschen durchsuchen [69], eine Mooshroom melken [39]** oder umkehren und andere Orte entdecken.

Wenn du das **Rezeptbuch** hast, zögere nicht, dich von ihm inspirieren zu lassen.

Und vergiss nicht, die Mohnblume in deinem **Verzeichnis** abzuhaken.

· 22 ·

Du betrittst die Cafeteria mit den verschiedenen Essensausgaben. Doch bis Mittag dauert es noch, und die Schauvitrinen sind leer. Es grummelt in deinem Bauch und du merkst, wie der Hunger dich schwächt. Du musst sofort etwas essen.

Plötzlich hörst du in der Küche Geschirrgeklapper und versteckst dich mit Max hinter einer der Vitrinen.

GRRRR … GRRRR … Knurrend nähert sich ein Wesen mit weißer Schürze: ein **mumifizierter Zombie!** Bestimmt der Küchenchef.

Der Zombie trägt **eine Kürbistorte und einen Kuchen.** Er stellt beide in eine der Vitrinen. Dann setzt er an der Torte ein Messer an, als wolle er sich ein Stück abschneiden. Verdammt, du hattest gehofft, sie selber essen zu können!

Er zögert. Grunzend tastet er seinen Bauch ab und legt dann das Messer weg. Zum ersten Mal siehst du einen Zombie, der sich Sorgen um seine schlanke Linie macht!

Nachdem er der Versuchung widerstanden hat, ve endlich die Cafeteria. Ihr könnt aus eurem Versteck kommen!

— „Das Gebäck wird dich nicht satt machen“, gibt Max zu bedenken. „Und Gemüse wäre ohnehin besser für die Gesundheit.“

Es stimmt: In *Minecraft* helfen Torte und Kuchen kaum gegen Hunger. Doch wenig ist besser als gar nichts ... Also schlingst du beide Kuchen hinunter und vergisst dabei fast das Kauen.

— „Wenn man bedenkt, wie wichtig diesem Zombie-Koch sein Gebäck war, wird er auf jeden Fall merken, dass es weg ist“, sorgt sich Max. „Wir müssen die Torte und den Kuchen ersetzen. Wenn nicht, kannst du sicher sein, dass er nach dem Dieb suchen und uns so lange verfolgen wird, bis er uns findet!“

Willst du **die Cafeteria verlassen** und den Schlüssel zum Spiel weitersuchen, geh zur **05**. Ziehst du es dagegen vor, in der **Küche** Ersatz für die Backwaren zu machen, begib dich zur **19**.

Die Direktorin hat den Schlüssel zum Spiel, doch sie ist eine Hexe!

23

Wieder erkennst du die Tinte und die Handschrift von Adrian, der das Krankenzimmer offenbar gut überstanden hat.

Mach	eine	Saftkur	gegen die	Gefahr	des	Schnupfens.	Erfrischt	durch
das Obst,	stellst	du	einen Golem	aus Eisen	dar.	Bin mir	unsicher.	Du hast
keine	Anleitung,	daher lass	ich dir	das Rezept	mit	Melone und	Erdbeeren	da.
Ich	habe	Kirschen	und	reife	Birnen	in	einen	Korb
gelegt,	also	nimm	ruhig	davon.	Spinat	liefert	auch	das Eisen
für dich,	iss ihn	zu	deinem	Saft.	Ich	habe	ihn dir	bereitgelegt.
26	12	84	16	63	54	69	99	33

Der Satz über die Direktorin versetzt dich in Angst und Schrecken.

— „Noch eine Wirkung des Blitzschlags", seufzt Max, „Hexen! Aber wenigstens wissen wir jetzt, **wer den Schlüssel besitzt ...**"

— „Die Direktorin ist unter normalen Umständen schon nicht ganz einfach, aber als **Hexe ...**"

Du wagst dir nicht vorzustellen, wie du ihr den Schlüssel zum Spiel abjagen sollst. Du müsstest in ihr Büro gelangen, ganz hinten im Verwaltungstrakt ... Welche Monster verstecken sich wohl hinter der Tür zur Verwaltung? Und wie willst du dich vor ihnen schützen?

Der Rest der Nachricht ist völlig ohne Sinn. Aber dieses Mal kannst du sie entschlüsseln – und zwar mithilfe der Maske, die du schon gebastelt hast. Nur wie herum musst du sie auflegen?

Geh zu dem Ort, **VON DEM IN DER NACHRICHT DIE REDE IST**.

24

Du kriechst durch das Loch und wartest auf Max. Er ist so dick, er wird es nie schaffen! Doch zu deiner Überraschung schlüpft er ganz flink hindurch. Unter dem dicken Fell ist sein Körper nämlich sehr schlank. Sorgfältig setzt du die Backsteine, die du entfernt hattest, wieder ein, und **das Loch ist wieder zu!**

Bravo! Du bist begabt für Geometrie! Du kannst deine Suche jetzt **im Park** fortsetzen **[21]**.

25

Das Licht der **Neonröhren** erhellt die Eingangshalle und die grünliche Haut der Zombies. Bäh, sie sehen wirklich abstoßend aus! Sie sollten jetzt schnell in die Turnhalle flüchten.

Aber ... aber ... warum nähern sie sich dir, ohne dass ihnen das Licht etwas ausmacht?

— „Adrian hätte sagen sollen, dass das Licht der Sonne gemeint ist“, jammert Max. Plötzlich fällt dir wieder ein, dass künstliches Licht auf Zombies keine Wirkung hat. Doch es ist zu spät: **Schon bist du von einer ganzen Gruppe umgeben,** und um dich herum wird es dunkel ... Begib dich schnell zur **17**.

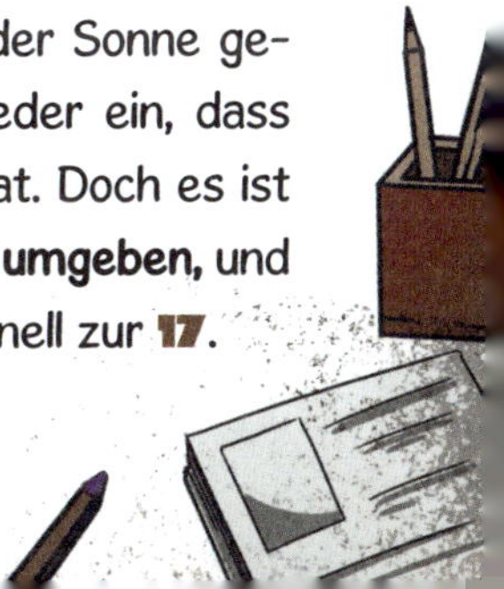

26

Ein **Eisengolem**, aber natürlich! Adrian mangelt es nie an Ideen, um sich oder andere zu schützen. Der Golem wird die Monster hinter der Tür zur Verwaltung bekämpfen. Du kannst deinen Weg also ohne Angst fortsetzen und den Schlüssel zum Spiel im Büro der Direktorin suchen. Außerdem hat dir Adrian etwas dagelassen, um den Golem zu aktivieren, und zwar im Ruheraum.

Bravo – du hast einen Zugang entsperrt! Du kannst jetzt in den Ruheraum gehen [55] oder die **Akten auf dem Schreibtisch der Schulschwester** lesen [46], wenn du das nicht schon getan hast.

27

Im Schrank stößt du auf einen Vorrat an **Notenblöcken.** Eine Waffe oder einen Zaubertrank findest du nicht, aber das überrascht dich nicht. Und da ist auch nichts, was nach dem Schlüssel zum Spiel aussieht. Zur Sicherheit nimmst du einen der Blöcke mit und hakst ihn in deinem **Verzeichnis** ab.

Ein schiefer Klavierton: Du entdeckst Max mit den Hufen auf den Tasten. Dieses Lama spielt falsch! Oder das Klavier ist verstimmt. Auf jeden Fall tun dir die Ohren weh, und es wird Zeit, aus dem Musiksaal zu verschwinden! Du kannst nun deine Textnachricht lesen [20] oder dich an einen anderen Ort begeben, zu dem du Zugang hast.

· 28 ·

Du gehst zu der Bank, auf der ihr – Adrian und du – oft in der Pause sitzt. Du schaust drauf, du schaust drunter, aber du findest **nichts.** Kein Stock weit und breit!

Max steckt seine Schnauze in ein **Baumloch.** Du willst wissen, nach was er da schnüffelt. Ein Vogel piepst dir ins Gesicht.

— „Max, konzentrier dich auf unsere Suche!“

— „*Grmbl* ... Man darf sich noch nicht einmal für die Natur interessieren!“, grummelt Max.

Oh-oh ... Max ist eingeschnappt.

Geh zurück zur 32 und schau nach, was du sonst tun kannst.

· 29 ·

Gack-gack-gack, gack-gack-gack, gack-gack-gack ...

Das Geräusch überrascht dich. Du versteckst dich hinter der Tür und erblickst eine **Schar junger Hühner.** Eines hat einen Stofffuchs im Schnabel. Den kennst du! Er gehört einem kleinen Mädchen aus der ersten Klasse. Das hier sind also Grundschüler! Gack-gack-gack, gack-gack-gack ...

Artig folgen sie einem grünen Wesen ohne Arme, aber mit vier Füßen durch den Gang: einem **Creeper.**

Das Wesen ist schrecklich ... und trägt eine Wollkrawatte: Herr Pichler! Er war noch nie besonders schön, aber jetzt sieht er wirklich übel aus. Wie er sich fühlt, lässt sich schwer sagen bei diesem scheußlichen Kopf, aber er muss es hassen, der Anführer dieser gackernden Hühner zu sein, er mag doch keinen Lärm!

Du hast dich nicht bemerkbar gemacht, und der Creeper ist mitsamt seiner Hühnerschar verschwunden.

Eine kleine weiße **Feder** tanzt hinter ihnen noch ein Weilchen durch die Luft und landet dann sanft auf Max' Schnauze.

— „Bewahr sie auf", flüstert Max und schielt nach der Feder, die ihn an der Nase kitzelt.

Du nimmst sie an dich und hakst sie in deinem **Verzeichnis** ab.

Du kannst umkehren und in den **Klassenraum** [03] oder den **Musiksaal** [35] gehen.

Wenn du schon den **Schlüssel zum Hof** hast, kannst du auch direkt in den **Hof** gehen und ihn erkunden [32].

· 30 ·

Du folgst den Schreien, die dir das Blut in den Adern gefrieren lassen, und näherst dich vorsichtig der großen, verschlossenen Tür zur **Halle.** Die Tür ist halbverglast, du kannst also hindurchschauen. Sofort verstehst du, wer diese Schreie ausstößt, die du seit dem Aufwachen hörst: Es sind Zombies!

Ohne erkennbares Ziel laufen sie stöhnend in der Halle umher.

Von der Halle gehen mehrere Räume ab, darunter die Turnhalle und das Krankenzimmer. Am Ende der Halle erkennst du eine zweite große Tür. Du weißt, dass sich dahinter etliche weitere Räume befinden, die im Moment nicht zugänglich sind. Vielleicht verbirgt sich dort die Lösung, um aus dem Spiel herauszukommen! Und du hast noch nicht einmal den Schlüssel zur Halle ...

Fürs Erste wirst du dich damit abfinden müssen, woanders weiterzusuchen. Du kannst zum Beispiel versuchen, die **Besenkammer** zu öffnen [04] oder in den **Klassenraum** gehen [03].

31

Die Mooshroom hat deine **Karotte** mit zwei Bissen verspeist. Ungeschickt ziehst du an ihrem Euter, um deine Schüssel so schnell wie möglich zu füllen.

— „Mmmh ... Das riecht gut“, sagt Max und schnüffelt.

— „Das ist auch gut!“, antwortest du und freust dich.

— „Nun ja ... eigentlich ja nicht. Die Milch riecht nämlich nach Champignon-Karotten-Suppe.“

Du seufzt. Offenbar hast du eine falsche Kombination gewählt. Du solltest es mit **einer anderen** versuchen.

Vergiss nicht, eine Karotte aus deinem **Verzeichnis** zu streichen. Das ist nicht schlimm, denn solltest du noch einmal eine brauchen, kannst du dir jederzeit eine aus der Küche holen.

32

Der Hof liegt verlassen da. Endlich kannst du mal wieder etwas frische Luft atmen.

HÖÖÖÖÖÖH! Die aus der Ferne hörbaren Schreie der Kreaturen machen nicht gerade Lust auf ein Zusammentreffen. Du solltest dich hier nicht lange aufhalten!

Schnell gehst du einmal über den Hof und suchst den Boden nach Holz ab. Aber du findest nichts – Adrian muss es schon vor dir gesammelt haben.

Du würdest gern in den Park gehen, aber die Schule kann man nur durch das Portal verlassen, und das ist geschlossen …

— „Aber du kennst diese Schule doch wie deine Westentasche", sagt Max. „Gibt es keinen anderen Ausgang?"

Du lässt den Blick über die Mauer schweifen, die den Hof von der Außenwelt trennt … **Das Loch!** Diese Mauer ist so alt, dass einige Backsteine aus ihr herausgefallen sind. Die Schulleitung will das immer reparieren lassen, aber bis jetzt ist nichts passiert. Dabei liegen sogar schon mehrere Haufen Steine dafür bereit.

— „Gute Idee!", lobt Max. „Aber denk an die Kreaturen, die sich hier herumtreiben. Nicht dass sie uns durch das Loch folgen!"

Wenn du dir die **Steinhaufen näher ansehen** willst, geh zu Nummer **37**. Willst du **noch etwas länger im Hof bleiben,** geh zur **28**. Und wenn du den Hof **auf direktem Weg durch das Loch verlassen** möchtest, begib dich zu Nummer **09**.

Du kannst aber auch in die **Cafeteria** gehen **[22]**.

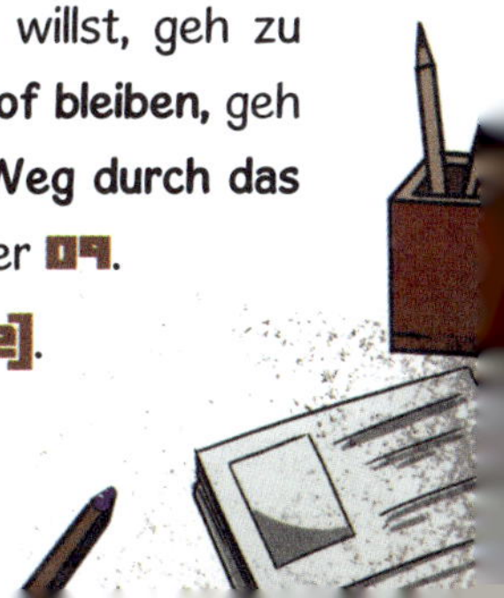

33

Du hast Rückenschmerzen, weil du dich so oft gebückt hast, um den Boden unter den Bäumen abzusuchen. Immerhin hast du vier Stöcke gefunden, aus denen du Waffen machen kannst. Denk daran, sie in deinem **Verzeichnis** abzuhaken.

Du kannst nun entweder versuchen, eine **Mooshroom zu melken** [39] oder das **Gärtnerhäuschen näher untersuchen** [69].

34

Mit dem **Redstone-Pulver** lassen sich so viele Dinge herstellen, bestimmt fehlt es deinem Golem. Du setzt dem Kürbis einen Hut aus Pulver auf. Hoffentlich funktioniert das! Doch nach ein paar Sekunden bewegt sich der Golem noch immer nicht. Max sagt:

— „Du hast dich wohl geirrt. Versuch eine **andere Kombination.**“

35

In Riesenschritten näherst du dich dem Musiksaal. Dabei kommst du an der Tür zum Hof vorbei und probierst, ob sie sich öffnen lässt. Doch sie ist abgeschlossen. Hinter dir ist das Stöhnen und Grollen der Zombies noch immer zu hören.

Doch im Musiksaal ist alles friedlich. Du trittst ein und verriegelst hektisch die Tür hinter dir und Max. Du suchst den Raum mit den Augen ab. Zwar erwartest du nicht, hier viele Waffen zu finden, aber vielleicht stößt du auf Hinweise, die dir helfen, den Schlüssel zum Spiel aufzutreiben.

Du gehst auf einen großen Schrank zu. An seiner Tür klebt ein kleines Lernplakat.

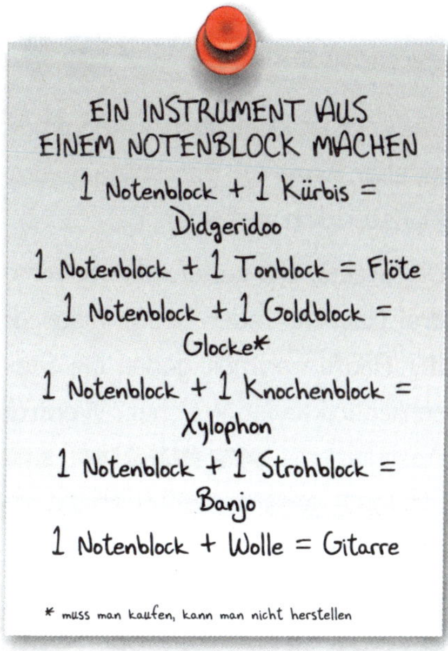

Brrr ... Bei der Erinnerung an den Knochenblock läuft es dir kalt den Rücken runter! Plötzlich hörst du, wie dein Handy piepst. Eine SMS!

Wenn du deine **Textnachricht lesen** willst, geh zu Nummer **20**. Willst du dir lieber den **Schrank genauer ansehen,** geh zur **27**. Du kannst aber auch den **Raum wieder verlassen** und deine Suche an einem anderen Ort fortsetzen, zu dem du laut Plan Zugang hast.

36

Du befestigst jeden der Stöcke an einem Ende der Schnur und schaust dir das Ergebnis an. Wozu soll das nützlich sein? Es sieht wie eine Art Springseil aus ... Aber du wirst die Kreaturen ganz bestimmt nicht einladen, mit dir zu spielen!

Du löst die Stöcke wieder von der Schnur. Und du solltest es mit einer **anderen Kombination** versuchen.

37

Das Loch ist klein, aber du kannst dich durchzwängen. Du musst es aber hinter dir verschließen, um nicht zu riskieren, dass die Monster dich verfolgen.

Die **Steine,** die neben der Mauer mit dem Loch liegen, bilden **drei Haufen.** Jeder besteht aus **drei Steinen.** Doch nur einer der Haufen enthält genau die Steine, mit denen du das Loch schließen kannst. Welcher? Wenn du es weißt, dann geh zu dem Abschnitt mit **DER NUMMER, DIE DU GEWÄHLT HAST.**

38

Achtung! Lies nur weiter, wenn du den Zugang zu diesem Ort entsperrt hast! Sonst kehre dorthin zurück, von wo du kamst.

Willst du weiter die Schule durchsuchen, ist jetzt der Zeitpunkt, den Zombies gegenüberzutreten! Deshalb trinkst du nun dein **Schnelligkeitselixier.** Hake es in deinem **Verzeichnis** ab.

Wow! Schon jetzt merkst du, dass du unglaublich in Form bist!

Du öffnest die Flurtür mit dem Schlüssel zur Halle.

HUUUIIIHOOOH! HUUUIIIHOOOH! HUUUIIIHOOOH! Welch schrecklicher Anblick! **All diese Zombies,** die sich dir im Halbdunkel langsam nähern, scheinen dich aus ihren leeren Augenhöhlen anzusehen. Und sie sind so groß: Sicher sind es Gymnasiasten aus dem Sportzweig, denn sie wirken alle sehr athletisch.

Du musst handeln, solange der Zaubertrank wirkt. Nur das Licht wird die Zombies vertreiben. Aufgrund deiner Schnelligkeit hast du in wenigen Sekunden sowohl den Schalter für die Neonröhren an der Decke als auch den für die Rollos entdeckt.

Wenn du die **Neonlampen anschalten** willst, geh zur **25**; wenn du die **Rollos hochziehen** willst, begib dich zu Nummer **16**.

· 39 ·

— „Hast du das Ding, mit dessen Hilfe du die **Mooshroom melken** kannst?“, fragt dich Max.

Dein **Rezeptbuch** dürfte dir in dem Punkt weiterhelfen.

Schau in dein Verzeichnis. Wenn du den richtigen Gegenstand besitzt, um eine Mooshroom melken zu können, dann sieh ihn dir genau an. Fällt dir nichts auf?

40

Gefolgt von deinem Lama, das gelenkiger ist als es aussieht, schlüpfst du durch das Loch und willst es wieder verschließen. Doch **die Steine sind zu klein.** Hast du die richtigen genommen? Eine Öffnung zu hinterlassen, die die Aufmerksamkeit gefährlicher Kreaturen auf sich ziehen könnte, ist riskant. Du solltest zur **37** zurückkehren und alles noch einmal **überprüfen.**

41

Friedlich kauend frisst die Mooshroom deine **Mohnblume.** Du stellst deine Schüssel unter ihr Euter und machst dich ans Melken.

— *„MUUUUH!“*, beschwert sich die Mooshroom.

Doch es klappt: Schnell füllt sich **die Schüssel** mit einer seltsamen blauen Flüssigkeit.

— „Du hast Glück“, gratuliert dir Max. „Das ist ein **Schnelligkeitselixier!“**

Streich die Mohnblume in deinem **Verzeichnis** durch und hake dafür das Schnelligkeitselixier ab.

Du kannst jetzt durch das Loch in der Mauer wieder in den Hof gelangen und von dort in die Schule und **zur Tür der Halle** **51**.

Du kannst aber auch zu Ende bringen, was dir **im Park** noch zu tun bleibt **21**, und dich danach zur **51** begeben.

42

Leider endet deine Suche hier. Wenn du glaubst, dass du womöglich etwas Wichtiges übersehen hast, **kannst du einen neuen Versuch starten.** Entferne dafür alle Gegenstände in deinem Verzeichnis und **fang bei 01 neu an.**

Du kannst aber auch bei **50** neu anfangen. Streiche dafür alle **von dir gesammelten Gegenstände,** die **nicht fett gedruckt sind,** aus deinem **Verzeichnis.** Viel Glück beim neuen Versuch!

43

Bastle dir einen **Bogen!** Der wäre eine nützliche Waffe gegen herumstreifende Kreaturen und lässt sich ganz einfach her-

stellen, nämlich aus einem Stock und einem Stück Schnur. Adrian hat recht: Im Hof könntest du allerlei Stöcke finden.

Doch die Tür zum Hof ist verschlossen. Du öffnest den Klavierdeckel: Adrian hat dich gut angeleitet, denn der Schlüssel findet sich darunter!

Bravo! Du hast einen Zugang entriegelt! Hake den Schlüssel zum Hof in deinem **Verzeichnis** ab.

Du kannst jetzt in den **Hof** [32] oder noch ein bisschen im **Musiksaal rumschnüffeln** [27].

· 44 ·

Die **Schüssel** ist zwar eine etwas ungewöhnliche Waffe, aber du glaubst, dass du sie wie eine Art Frisbee benutzen kannst. Das Zielen wird nicht einfach sein, denn um die Spinne zu treffen, muss die Scheibe ganz knapp über die Mauer hinwegfliegen. Du wirfst. *Wuwuwuwuwu* ... Die Frisbee-Schüssel fliegt über die Spinne hinweg und zerschellt an der Mauer. Die Scherben fallen zu Boden.

— „Das war sehr einfallsreich, aber falsch, glaube ich", sagt Max. „Versuch's mal mit einer **anderen Kombination."**

· 45 ·

Laut deinem Rezeptbuch bildet die Milch von Mooshrooms die Grundlage für das **Schnelligkeitselixier!** Ein sehr nützlicher

Trank, um Zombies abzuhängen, die einen verfolgen. Doch Adrians Rezept ist zum Teil unleserlich: Was genau soll man einer Mooshroom vor dem Melken zu fressen geben?

— „Vielleicht solltest du es jetzt mal mit einer Kombination versuchen?“, schlägt Max vor.

Die **Kombinationen** findest du **am Ende des Buches im Anhang A2** oder in der **Umschlagklappe.** Du brauchst nur unter **„Mooshroom“** nachzusehen, welche Kombinationen möglich sind. Die Zahlen verweisen auf die entsprechenden Abschnitte im Buch.

Wenn du nichts hast, woraus sich eine nützliche Kombination ergeben könnte, sieh dich an anderen Orten um.

46

Schnell blätterst du die Akten der Schulschwester durch. Jede Menge Rezepte, aber nichts wirklich Interessantes.

Du solltest die Spur des **Papiers** verfolgen, das in Nummer 23 **auf dem Schreibtisch liegt.**

47

Du glaubst zwar nicht so recht dran, aber du versuchst es trotzdem: Du steckst eine **Karotte** in den Kürbis – so wie eine Nase in den Kopf eines Schneemanns.

„Na los, na los, komm schon“, betest du innerlich.

Aber es ist weit und breit kein Golem in Sicht, und die Eisen-

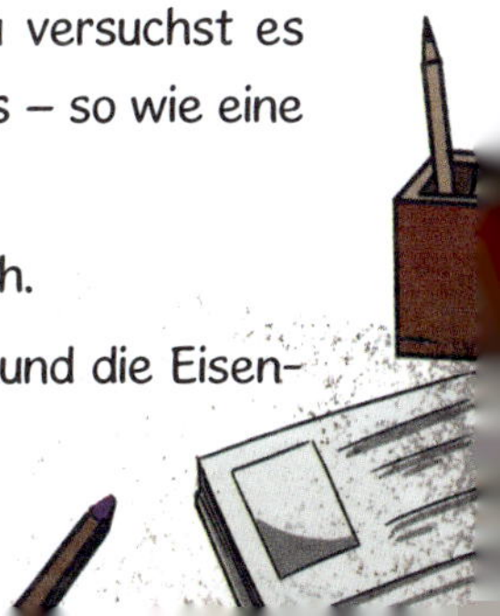

blöcke liegen genauso unbeweglich da wie als du sie gefunden hast. Du liegst falsch, versuch's mit einer **anderen Kombination.**

48

Max schlüpft vor dir durch das Loch, und du folgst ihm mit den drei Ziegeln. Auf der anderen Seite angelangt versuchst du, das Loch mithilfe der Steine zu schließen. So herum ... oder andersherum ... Kostbare Minuten verstreichen.

— „Beeil dich!“, sagt Max.

— „Das will ich ja, aber es klappt nicht! Ich muss die **falschen Steine** genommen haben.“

Plötzlich spürst du einen **starken Schmerz** auf deinem Kopf. Alles wird dunkel. Du wirst nie erfahren, welche der Kreaturen dich angegriffen hat, aber sie hat dir für immer die Möglichkeit genommen, in die reale Welt zurückzukehren. Geh zu Nummer **17**.

49

Du konzentrierst dich. Drei Stöcke, drei Schnüre, du befestigst sie am einen Ende, bindest sie ans andere Ende an und fertig: Du hast dir **einen Bogen** gebastelt! Stolz zeigst du ihn Max.

— „Sehr gute Arbeit“, sagt der. „Und womit willst du schießen?“

Verdammt, da hat Max recht. Du brauchst einen Pfeil! Bei seiner Herstellung könnte dir das Rezeptbuch von Nutzen sein. Mach mit deinen Erkundungen weiter und du findest, was du suchst.

Hake den Bogen in deinem **Verzeichnis** ab und streich die drei Stöcke sowie die drei Schnüre durch.

Geh zurück zur **21** und schau nach, was du **im Park** noch tun kannst.

50

Achtung! Lies nur weiter, wenn du den Zugang zu diesem Ort entsperrt hast! Sonst kehre dorthin zurück, von wo du kamst.

Du bist nun am anderen Ende der Halle, und auch hier ist die schwere Tür verschlossen. Doch diesmal hast du den Schlüssel schon! Es ist nämlich derselbe, mit dem sich auch die Tür auf der anderen Seite der Halle öffnen ließ. Hinter dieser zweiten Tür liegt der Flur, der zum Lehrerzimmer und zum Büro der Direktorin führt. Die Tür zum Krankenzimmer ist gleich nebenan.

— „Schau dir doch das Krankenzimmer an“, schlägt Max vor. „Vielleicht findest du dort nützliche Zutaten. Außerdem sind bestimmt noch ein paar Kreaturen im Gang hinter der Tür ...“

Die Tür zum Krankenzimmer ist offen, und es scheinen auch keine Monster im Raum zu sein.

— „Ich brauche eigentlich keine Zutaten ... Ich bin nur besorgt, weil ich einen Bogen habe, aber keinen Pfeil. Was ich bräuchte, wäre ein Feuerstein, um mir einen Pfeil zu basteln ...“

Wenn du die **zweite Hallentür, die in den hinteren Flur führt, sofort öffnen möchtest,** geh zur **58**.

Willst du dir das **Krankenzimmer** ansehen, geh zur **67**.

51

Wieder stehst du vor der verschlossenen Tür zur Halle. Dahinter hörst du die Zombies durch den Raum laufen. Dein **Schnelligkeitselixier** wird dir jetzt sehr helfen, ihnen auszuweichen.

Hast du den **Hallenschlüssel,** um die Tür zu öffnen?

Wenn ja – **super! Dann kannst du die Halle jetzt betreten [38]**, denn gegen die Angriffe der Zombies bist du gewappnet!

Wenn nicht, ist dir eine wichtige Nachricht entgangen. Du solltest umkehren und die Orte untersuchen, zu denen du Zugang hast – wie etwa **den Klassenraum [03]**!

52

Du schnitzt mit deiner **Schere** zwei Augen und einen schiefen Mund in den Kürbis. So ein Gesicht sollte die Monster abschrecken! Dann legst du den Kürbis zurück auf die Eisenblöcke.

Du hältst den Atem an ... Plötzlich fangen die Blöcke an zu vibrieren und gegeneinanderzustoßen. Mit einem metallischen Seufzer erhebt sich die gesamte Masse in die Höhe. Hurra! Du hast einen **Eisengolem** erschaffen!! Er ist beeindruckend und du trittst zur Seite, um ihn passieren zu lassen. Er öffnet die Tür und spaziert durch die Schule – geradewegs zum Büro der Direktorin. Das ist perfekt, denn er wird die Flure ganz sicher von feindseligen Kreaturen räumen!

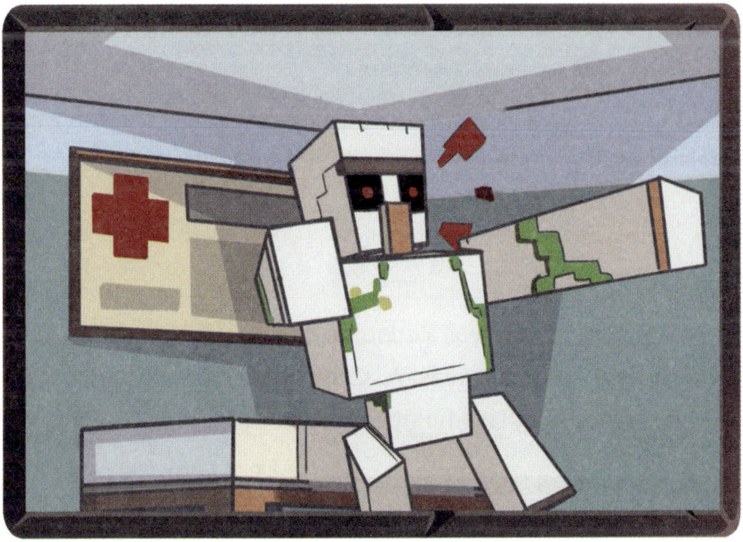

Bravo! **Du hast einen Zugang entsperrt!** Du kannst zur **61** gehen.

53

Jeder Lehrer hat ein Fach mit einem Schlitz für seine Post. Doch sämtliche Fächer sind durch einen Code gesichert, und es ist unmöglich, sie ohne ihn zu öffnen. Das erste Fach gehört Herrn Pichler.

— „Hey, hattest du zu diesen Fächern nicht einen Notizzettel im Klassenraum gefunden?", erinnert dich Max.

Wenn du einen solchen Notizzettel in deinem **Verzeichnis** hast, ist jetzt der Moment, um den Code herauszufinden.

Wenn nicht, solltest du nochmals den **Klassenraum** genau untersuchen. Du kannst danach direkt hierher zurückkehren.

Du kannst dir aber auch den **Wochenplan der Lehrkräfte** in Abschnitt **56** genauer ansehen.

Wenn du weitere Hilfe brauchst, findest du sie bei den **Hinweisen und Lösungen in Abschnitt A3** am Ende des Buches.

54

Du streust eine Handvoll **Redstone-Pulver** unter das Maul der Mooshroom. Sie muss niesen, spritzt dabei das gesamte Pulver in dein Gesicht und fängt an zu muhen!

Der Lärm erregt die Aufmerksamkeit der Skelette. Sie kommen auf dich zu. Plötzlich öffnet sich ihre Gruppe und lässt ... einen **Skelettreiter** durch! Schnell bewegt er sich in deine Richtung. Er spannt seinen Bogen. Noch bevor du siehst, wie er den Pfeil abschießt, spürst du schon einen heftigen Schmerz. **Du brichst zusammen.** Mach bei Nummer **17** weiter.

55

Neben dem Krankenzimmer ist ein kleiner Ruheraum. Sofort wird dir klar, warum Adrian dir geraten hat, hierherzukommen. Auf einem der beiden Ruhebetten liegen **vier Eisenblöcke** in Form eines T! Hake sie in deinem **Verzeichnis** ab. Genau solche brauchst du, um einen Golem zu erschaffen. Wie ist Adrian an das Eisen gekommen? Er muss eine Kreuzhacke haben, um unter der Erde zu graben, oder er hat die Blöcke nach und nach gesammelt. Die Matratze des zweiten Bettes ist leicht eingedrückt. Vielleicht hat Adrian für sich selbst auch einen Golem konstruiert.

Jetzt kannst du die Situation meistern! Zwar ist das Rezept zur **Herstellung eines Eisengolems** nicht gut lesbar, aber einen **Kürbis** hast du! Du legst ihn auf den Längsstrich des T.

— „Ta-daaaa!“, rufst du und schaust stolz zu Max rüber.

Doch es passiert nichts.

— „Äääh … steh auf und wandele!“, deklamierst du feierlich.

Doch noch immer nichts.

— „Es fehlt etwas“, sagt Max. „Da steht noch ein hingekritzeltes Wort beim Rezept – kannst du es sehen? Sollte man es bei diesem Kürbis vielleicht mal mit einer **Kombination** versuchen?“

Schau dir die Tabelle mit den Kombinationen an und schlage einen anderen Weg ein, falls dir ein Gegenstand fehlt!

56

Zwischen den Fenstern hängt der **Stundenplan von vier Lehrkräften** an der Wand.

Fr. A. Bichler

		1 Mo	2 Di	3 Mi	4 Do	5 Fr
1	8-9 Uhr		21		41	
2	9-10 Uhr	12		32	42	52
3	10-11 Uhr	13	23	33		53
4	11-12 Uhr		24	34		54
5	12-13 Uhr					
6	13-14 Uhr	16	26		46	
7	14-15 Uhr	17	27	37	47	
8	15-16 Uhr	18		38		
9	16-17 Uhr					

Hr. V. Michler

		1 Mo	2 Di	3 Mi	4 Do	5 Fr
1	8-9 Uhr	11	21	31	41	51
2	9-10 Uhr	12	22	32	42	52
3	10-11 Uhr	13	23			
4	11-12 Uhr			34	44	
5	12-13 Uhr				45	55
6	13-14 Uhr	16		36		
7	14-15 Uhr	17	27	37		57
8	15-16 Uhr	18	28		48	58
9	16-17 Uhr		29			

Hr. G. Pichler

		1 Mo	2 Di	3 Mi	4 Do	5 Fr
1	8-9 Uhr	11				
2	9-10 Uhr	12	22		42	52
3	10-11 Uhr		23	33	43	53
4	11-12 Uhr	14	24	34	44	
5	12-13 Uhr	15	25	35		
6	13-14 Uhr				46	56
7	14-15 Uhr	17	27		47	57
8	15-16 Uhr	18		38		58
9	16-17 Uhr			39		

Fr. L. Pochler

		1 Mo	2 Di	3 Mi	4 Do	5 Fr
1	8-9 Uhr			31		51
2	9-10 Uhr	12	22	32	42	52
3	10-11 Uhr		23	33		53
4	11-12 Uhr	14				
5	12-13 Uhr			35	45	55
6	13-14 Uhr	16	26	36		56
7	14-15 Uhr	17	27	37		
8	15-16 Uhr		28		48	
9	16-17 Uhr	19			49	

(grün): Unterricht
(weiß): Freistunde

An alle Lehrkräfte:
- **Finden Sie eine Möglichkeit, sich den Code zu Ihrem Fach zu merken!**
- **Bitte nach dem Essen die Tische im Lehrerzimmer abwischen.**

— „Das ist ja eine seltsame Art, die Stunden zu nummerieren ..."

Max schaut sich die Zahlen kurz an und erklärt dann:

— „Die Zahlen sind zusammengesetzt, und zwar aus der Ziffer der Spalte und der der Zeile. Zum Beispiel findet am Donnerstag (Tag 4) um 10 Uhr (Zeile 3) die Unterrichtsstunde 43 statt."

Du kannst dir nun die **Fächer der Lehrer genauer ansehen** [53].

Oder hast du die Lösung eines bestimmten Rätsels schon gefunden?

57

2 Stöcke, 2 Schnüre ... Nein. 2 Stöcke, 3 Schnüre ... Auch nicht. Du bastelst etwas aus **3 Stöcken und 2 Schnüren**, aber das Ergebnis ist komisch. Hier hält es gut, aber dort baumelt es herunter. Was für eine Waffe hast du denn da fabriziert?

— „Eine **Angelrute"**, sagt Max spöttisch.

Du trittst aus dem Gärtnerhäuschen, um das Ergebnis bei Licht zu betrachten. In der Tat – das ging daneben. Denn du wolltest schließlich nicht zum Forellenangeln gehen.

Eine Bewegung lenkt dich ab. Die Skelette vom anderen Ende des Parks kommen näher. Du hast ihre Aufmerksamkeit erregt, weil du im Gärtnerhäuschen über deine Angelrute geschimpft hast! Rasch bist du **von den Skeletten umringt.** Du versuchst, sie mit der Angelrute oder der Schnur zu treffen, aber das ist vergebliche Liebesmüh. **Du brichst unter ihren Schlägen zusammen** und verfluchst die Götter der Heimwerkerei. Begib dich zur **17**.

58

Du öffnest die zweite Tür mit dem Hallenschlüssel, den du in deinem Inventar hast. Alles wirkt ruhig.

— „Du hast dir zu Unrecht Sorgen gemacht", sagst du zu Max. „Manchmal bist du ganz schön ängstlich ..."

Du hättest Max nicht necken sollen: Ein **Skelett** taucht so plötzlich vor dir auf, dass du noch nicht einmal sehen konntest, wo-

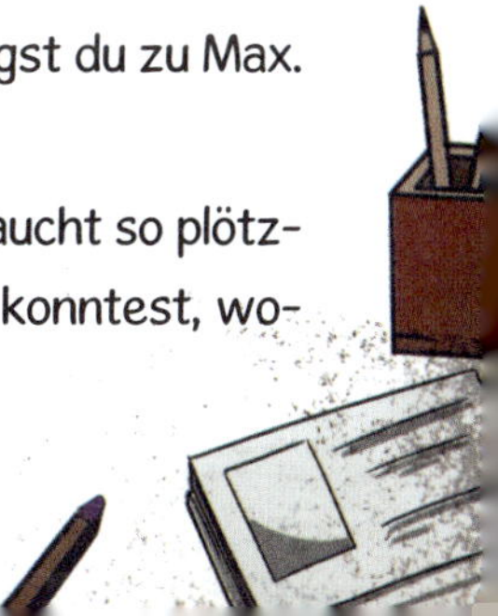

her es gekommen ist. Du drehst dich um, und ein Pfeil trifft dich in den Rücken. Du stolperst und kommst nicht mehr auf die Beine, während das Skelett dich mit Pfeilen durchlöchert. **Langsam weichen die Kräfte** aus deinem Körper. Begib dich zur **42**.

· 59 ·

59 – das ist die Nummer der **einzigen gemeinsamen Freistunde** der vier Lehrkräfte, immer freitags um 16 Uhr. Du tippst die Zahl in das Code-Feld von Herrn Pichlers Fach ein ... und es öffnet sich!

Im Innern findest du einen **Feuerstein.** Super, genau so einen brauchst du, um dir einen Pfeil zu basteln!

Du nimmst ihn an dich und hakst ihn in deinem **Verzeichnis** ab. Um den Pfeil herzustellen, geh zu Nummer **64**.

· 60 ·

Überall liegen Bücher und verstreute Papiere herum, als wären sie ausgekippt worden. Sieht nach den Spuren eines Kampfes aus. Du hebst eines der dicken Bücher auf, um den Titel zu lesen:

HEXEN HEUTE
Anti-Stress-Ratgeber für aktive Hexen
BAND 4 – Arbeiten ohne Besen

— **„Ein Ratgeber** für Hexen?“, fragst du dich erstaunt.

— „Offenbar sogar mehrere“, sagt Max.

Tatsächlich gehören alle Bücher zur selben Reihe. Um die Bücher und Papiere auf dem Boden besser sortieren zu können, legst du sie einzeln auf ein Regal.

— „Die Direktorin scheint ein echter Fan zu sein!“, rufst du. „Sie hat alle Bände! Ah nein – hier: Band 15 fehlt. Der vor Band 16: *Zaubertränke ohne Abfälle.*“

Sorgfältig siehst du dir ein Schriftstück nach dem anderen an. Die meisten betreffen Verwaltungskram. Unter dem letzten erkennst du einen lila Stift: Er gehört Adrian! Daneben liegt ein Tigerkopf-Button, den Adrian an seinen Rucksack gesteckt hatte.

Wieso hat er diese Dinge hier liegen gelassen? Was ist ihm passiert? Du bekommst Angst. Vielleicht kannst nur du allein noch nach dem Schlüssel zum Spiel suchen.

Du entdeckst eine letzte Papierkugel, die auf den Boden gerollt ist. Du entfaltest sie und stößt auf eine verschlüsselte Nachricht in lila Tinte. Lies sie in Abschnitt **77**.

61

Achtung! Lies nur weiter, wenn du den Zugang zu diesem Ort entsperrt hast! Sonst kehre dorthin zurück, von wo du kamst.

Endlich ist es dir gelungen, die zweite Hallentür mit dem passenden Schlüssel und ohne Risiko zu öffnen! Du hast deinen Eisengolem vorausgeschickt, und der hat sich als gnaden-

los effizient erwiesen. Du läufst hinter ihm den Flur entlang, während er alle Skelette niedertrampelt. Er kann keine Türen öffnen und sich deshalb nicht die Skelette in den Räumen vornehmen, doch zumindest auf dem Flur bist du in Sicherheit.

Schließlich verlierst du ihn aus den Augen, denn er legt ein ziemliches Tempo vor. Weit und breit ist kein Skelett oder Zombie in Sicht. Die Tür zum Lehrerzimmer ist offen, der Golem konnte den Raum also für dich sicher machen. Das Büro der Direktorin ist nicht weit, du näherst dich deinem Ziel!

Du kannst nun entweder das **Lehrerzimmer** betreten [73] oder noch weitergehen bis zum **Büro der Direktorin** [70].

· 62 ·

Der Gang zur Bibliothek ist dunkel und still, die Atmosphäre nicht besonders ermutigend ... Endlich erreichst du den Eingang zur Bibliothek. Auf einem Schild steht:

„JENSEITS DIESER TÜR BITTE NUR FLÜSTERN!“

Plötzlich sinkt Max stöhnend auf dem Boden zusammen:

— „Sp ... Sp ... inne“, wiehert er.

Tatsächlich – auf der Tür zur Bibliothek krabbelt eine **Spinne** herum und nähert sich der Klinke. Verdammt, sie blockiert die Tür. Max hat große Angst vor diesem kleinen Tier, und er hat recht, denn in *Minecraft* sind sie sehr gefährlich.

— „Willst ... Willst du sie nicht irgendwie wegmachen?“, bettelt Max. „Kannst du nicht eine Kombination ausprobieren?“

Probiere gern, **die Spinne mithilfe einer Kombination loszuwerden.** Sollten dir hierfür noch Gegenstände in deinem Inventar fehlen, erkunde auch die Orte, die du bis jetzt womöglich ignoriert hast – z.B. den **Klassenraum** [03] oder die **Cafeteria** [22]!

· 63 ·

Während du wartest, dass der Creeper wieder aus dem Bibliotheksflur auftaucht, steckst du den **Pfeil** in die Kerbe deines **Bogens.** Doch als der Creeper sich dann blicken lässt, irritiert dich seine Krawatte. Es handelt sich hier um deinen Lehrer! Wenn du ihn nun lebensgefährlich verletzt und es schaffst, in die Realität zurückzukehren – in welchem Zustand wird er dann sein?

Du hast eine bessere Idee! In höchster Konzentration zielst du ... und lässt los. **SSSSST ... RUMMMS!**

Ja, das hat gesessen!

Der Pfeil ist genau durch Herrn Pichlers Krawatte geflogen, hat sich dann in eine Mauer gebohrt ... und den Creeper einfach mitgerissen. Nun klebt er mit zerdrücktem Gesicht an der Wand und ist bewegungsunfähig. Auf sowas war er nicht vorbereitet! Und er ist viel zu beschäftigt, an seiner Krawatte zu zerren, um zu bemerken, wie Max und du euch der Tür nähert, die er eigentlich bewachen soll.

Bravo – sehr geschickt! Du hast dir **Zugang zum Büro der Direktorin verschafft.** Zusammen mit Max stürmst du hinter dem Rücken des Creepers in das Zimmer hinein [85]. Vergiss aber nicht, den Pfeil aus deinem **Verzeichnis** zu streichen.

· 64 ·

Aufmerksam liest du dir in deinem Buch die Bauanleitung für den Pfeil durch und greifst nach deinem Feuerstein, dem noch übrigen Stock und der hübschen Feder. Voilà – schon hast du dir einen messerscharfen **Pfeil** gebastelt!

Streiche eine Feder, einen Stock und einen Feuerstein aus deinem **Verzeichnis** und füge den Pfeil hinzu.

Jetzt wird es Zeit, dich zum **Büro der Direktorin** zu begeben [70].

65

Kannst du die Spinne mit deinem **Rezeptbuch** platt hauen? Du wartest auf den richtigen Moment, um das Vieh zu erwischen. Doch es läuft im Zickzack immer um die Klinke herum, da kann man schlecht zielen! Schließlich versuchst du es aufs Geratewohl.

RUMS! Das Buch kracht gegen die Tür, doch die Spinne ist immer noch da.

Als du es noch einmal versuchen willst, öffnet sich die Bibliothekstür. Ups! Du warst wohl zu laut und bekommst jetzt Ärger.

Im Türspalt erscheint ein Kopf... nein, es ist ein Schädel! Ein Skelett! Es hat schon seinen Bogen griffbereit. Es kann viel besser zielen als du und trifft dich ... **mitten ins Herz!** Mach bei Nummer **42** weiter.

66

BÜCHER BEFREIEN

— „‚Bücher befreien'... Das klingt ja seltsam", murmelst du. „Wir werden also durch Bücher befreit?"

— „Lass uns mal überlegen", antwortet Max. „Wo findet man viele Bücher?"

Dieses Lama ist eine unerschöpfliche Quelle der Inspiration.

— „In der Bibliothek natürlich!", rufst du begeistert.

Geniale Idee! In 62 kommst du schon mal bis zur **Bibliothek.**

Vorher kannst du, wenn du damit noch nicht fertig bist, das **Büro der Direktorin** zu Ende untersuchen [85].

67

Du siehst dich im **Krankenzimmer** um. Neben der Tür zum Ruheraum steht ein Glasschrank voller ordentlich aufgereihter **Fläschchen.** Ein paar scheinen zu fehlen – hat Adrian sie mitgenommen?

An einem der Fläschchen klebt ein unscheinbares Etikett: **BESONDERER TRANK.** Das ist DIE Basisflüssigkeit, aus der Zaubertränke gemacht werden! Zwar warst du auf der Suche nach Feuersteinen, aber dieser Trank ist mindestens genauso wertvoll!

Du nimmst den **Trank** an dich und hakst ihn im **Verzeichnis** ab.

In einer Ecke des Zimmers steht der Schreibtisch der Schulschwester. Auf ihm stapeln sich die Akten. Ein mit lila Tinte beschriebenes Blatt Papier liegt ganz obenauf.

Du kannst das **Papier auf dem Schreibtisch** näher untersuchen **[23]** oder dir **die Akten** anschauen **[46]**.

68

BUCHER BEEREIEN ? Du ahnst etwas, aber es sieht noch nicht ganz richtig aus. Geh noch einmal zur **77** und finde dort die richtige Antwort.

69

Im Gärtnerhäuschen ist kein Mensch, dafür vielerlei Werkzeuge. Doch du möchtest dir lieber eine richtige Waffe bauen. Du brauchst **Schnüre!** Du nimmst dir **drei,** das sollte reichen. Hake sie in deinem **Verzeichnis** ab.

— „Stöcke, Schnüre – reicht das schon, um einen Bogen herzustellen? Vielleicht ist jetzt der Moment, es mit einer **Kombination** zu versuchen“, überlegt Max.

Gute Idee! Die **Kombinationen** findest du **am Ende des Buches im Anhang A2** oder im **Vorsatzpapier.** Du brauchst nur unter **„Gärtnerhaus“** nachzusehen, welche möglich sind. Die Zahlen verweisen auf die entsprechenden Abschnitte im Buch.

Hast du nichts für eine nützliche Kombination, erkunde **den Park [21]**, um dein Verzeichnis zu komplettieren, und komm hierher zurück.

70

Du näherst dich dem Büro der Direktorin und hoffst, dort den Schlüssel zum Spiel zu finden.

Doch vom äußersten Ende des Flurs nähert sich **ein Creeper** der Bürotür. Oh nein! Du hattest vergessen, dass diese Kreaturen zu den wenigen gehören, die ein Eisengolem nicht angreift.

Der Creeper hat dich nicht gesehen. Er geht zurück in den Flur. Dort geht er auf und ab. Er scheint Wache zu halten vor dem **Büro der Direktorin.** Du erkennst seine Wollkrawatte: Es ist

Herr Pichler! Offenbar hat er seine Hühnchen abgeschüttelt und mit seinem eigenen Schlüssel die Halle durchquert.

Um zu erfahren, was die Direktorin so streng bewachen lässt, musst du den Creeper unschädlich machen!

Wenn du **Pfeil und Bogen** hast, geh zu Nummer **63**.

Wenn du keinen Bogen hast ... tja, dann fehlt dir was, oder? Schau dich an anderen Orten um – z.B. dem **Lehrerzimmer [73]**.

Der Creeper ist in sicherer Entfernung. Wenn du glaubst, dass du dich gefahrlos **in das Büro schleichen kannst,** geh zur **72**.

· 71 ·

Auf dem Boden entdeckst du keinen weiteren Gegenstand, der deinem Freund gehören könnte, nur jede Menge Staub! Lautlos stehst du wieder auf und schaust auf den Tresen, um herauszufinden, welches Buch die Schulbibliothekarin liest: *Ich, das Witherskelett.* Nett, aber du hast jetzt keine Zeit zum Lesen!

Geh zu Nummer **96** und **forsche dort weiter.**

· 72 ·

Eigentlich wolltest du dich hinter seinem Rücken ins Büro schleichen, doch auch als Creeper ist Herr Pichler so wachsam wie sonst, wenn die Schüler hinter seinem Rücken Unsinn treiben. Blitzschnell dreht er sich zu dir um. In einer Geste der Verzweiflung wirfst du ihm dein Rezeptbuch an den großen grünen Kopf!

Doch das beeindruckt ihn überhaupt nicht. Er ist allerdings sehr nervös. Du siehst, wie die Krawatte ihm die Kehle zuschnürt und wie sein Hals und sein Körper sich aufblähen. Du fängst an zu rennen, weil du weißt, dass er gleich **explodieren** wird.

BÄÄÄÄM! **Das war's für dich.** Mach bei Nummer **42** weiter.

73

Du betrittst das **Lehrerzimmer.** Welche Schätze birgt wohl dieser für Schüler verbotene Ort, der den Lehrern in den Pausen als Zuflucht dient? Auf einigen Tischen liegen zu korrigierende Arbeiten herum. An einer Wand sind die namentlich gekennzeichneten Fächer der Lehrer. Ein großer Stundenplan hängt zwischen zwei Fenstern. Wie banal, du bist enttäuscht! Noch nicht einmal einen Sessel oder Kekse gibt es hier!

— „Nichts ist so wie es scheint“, warnt dich Max. „Du solltest dir diesen Ort genauer ansehen.“

Wenn du den **Stundenplan** studieren willst, geh zur **56**. Um **die Lehrerfächer zu durchsuchen,** begib dich zur **53**.

· 74 ·

Beherzt greifst du zu deinem Zauberschwert, deiner **Nemesis der Gliederfüßer.** Gehören Spinnen etwa nicht zu den Gliederfüßern? Boah, ist das Ding schwer! Es gelingt dir, damit auf das Biest zu schlagen. Du triffst es zwar nicht gleich, startest aber einen zweiten Versuch. Geschafft!

TSSSAAAH! Die Spinne gleitet zu Boden. Erleichtert richtet Max sich wieder auf und rollt kurz darauf mit seinem Vorderhuf ein rundes Etwas hin und her, das sich von der Spinne gelöst hat.

Iiiiiih, das ist ein Spinnenauge! Leicht angeekelt hebst du es auf und hakst es in deinem **Verzeichnis** ab.

Bravo – **du hast dich gut geschlagen!** Jetzt kannst du **die Bibliothek betreten** **[80]**.

· 75 ·

Das Büro ist pieksauber. Vielleicht birgt ja der Computer irgendwelche Geheimnisse, doch er ist passwortgeschützt.

Du setzt dich und musst angesichts dieses Mangels an Hinweisen seufzen. Immerhin ist da dieses kuschlige Kissen ... Moment ... da ist ja etwas eingestickt, eine Art rätselhafter **Abzählreim:**

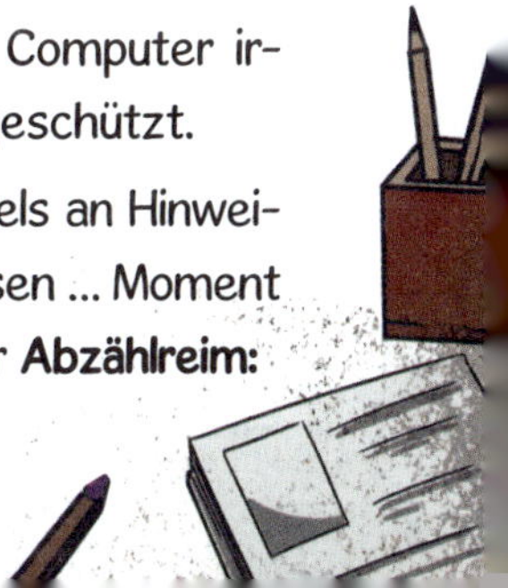

Zwei Schritte nach vorn, ein Schritt nach links,
Ein Schritt zurück, ein Schritt nach rechts,
Überspring einen Schritt auf die rechte Seite,
Ein Schritt nach vorn, ein Schritt nach rechts,
Zwei Schritte zurück, ein Schritt nach links,
Ein Schritt nach vorn ... und vorwärts zum Sieg!

— „Diese Sprichwortkissen sind so altmodisch!“, rufst du.

— „Das ist kein Sprichwort“, sagt Max. „Aber der komische Text kann kein Zufall sein. Und wenn du den Anweisungen folgst?“

Zweifelnd schaust du Max an, aber vielleicht ist das ja ein Hinweis. Also gehst du drauf ein und führst **einen seltsamen Tanz** auf, hüpfst vor und zurück, während Max deine Füße beobachtet.

— „Das ist absolut lächerlich!“, protestierst du genervt.

— „Gar nicht“, sagt Max. „Schau mal das Muster, das du bildest!“

Nimm Papier und Stift zur Hand und **zeichne** die Bewegungen aus dem Abzählreim **auf.** Was kommt dabei heraus? Behalte die Information für dich, sie wird dir später noch nützlich sein!

Du kannst im Büro der Direktorin weiter nach **Dingen auf dem Boden** fahnden [60], den **Blumentopf** näher in Augenschein nehmen [78] oder den **Wandschrank** untersuchen [82].

76

Aus dem **Kürbis,** den du noch hast, kannst du dir ein **Didgeridoo** schnitzen! Welch originelles Instrument! Max freut sich.

Und du musst jetzt für ein bisschen Ablenkung sorgen.

— „Max, du bist dran“, verkündest du in der Hoffnung, dass ihn das nicht abschrecken wird.

— „Ich? Aber ... aber ... ich habe nichts einstudiert!“

Doch trotz dieser ängstlichen Antwort grinst er übers ganze Gesicht. Eine kleine Schmeichelei genügt, um ihn zu überzeugen:

— „Na komm! Du hast doch eine natürliche Begabung für Musik!“

Max streckt seinen Körper und beginnt zu spielen. Ein tiefer und zugleich jazziger Klang, der an eine fröhliche Hummel erinnert, erfüllt den Saal. Angesichts dieses Lärms sieht die Bibliothekarin von ihrem Buch auf, tritt hinter dem Tresen hervor und geht auf euer Regal zu. Unauffällig kriechst du in die Gegenrichtung.

Eines der lesenden Skelette ist neugierig geworden und nähert sich der Musik. Schon bald folgen ihm weitere, bis schließlich ein ganzer Kreis gebannter Zuhörer dem improvisierten Konzert lauscht, während Max vor Stolz beinah platzt.

Super! Dadurch gewinnst du Zeit, um die Umgebung in aller Ruhe zu inspizieren.

Du kannst dir nun die **Bücher hinter dem Tresen** genauer ansehen [96] oder den **Fußboden absuchen** [71].

77

— „Ein letztes Andenken an Adrian, und ich hab sogar nur die Hälfte“, sagst du mutlos und musst seufzen.

— „Aber das lässt sich doch rekonstruieren!“, tröstet dich Max. „Du hast die untere Hälfte in der Hand, also gibt es nicht so viele Möglichkeiten, wie die obere aussehen könnte.“

Wenn du glaubst, dass die fehlende obere Hälfte des Papiers so aussieht:

dann geh zu Nummer **79**;

dann geh zu Nummer **66**;

dann geh zu Nummer **68**.

Leichter wird's, wenn du die untere Hälfte der Nachricht aus der **letzten Seite** ausschneidest und unter die drei Lösungen legst.

78

Im **Blumentopf** wächst nichts außer einem Champignon. Offenbar hat die Direktorin kein großes Interesse an Pflanzen. Du durchwühlst die Erde auf der Suche nach einem Hinweis, einer Message oder einem nützlichen Gegenstand.

— „Nix zu finden“, sagst du seufzend.

— „Außer dem Champignon“, antwortet Max kichernd. „Nimm ihn mit! Schau in dein Rezeptbuch, da ist er drin. Die Direktorenhexe züchtet ihn nicht umsonst. Schlimmstenfalls machen wir daraus eine Suppe!“

Du hörst Max zu, nimmst den **Champignon** mit und hakst ihn in deinem **Verzeichnis** ab.

In dieser traurigen Pflanzenecke gibt es nichts mehr zu tun. Du kannst jetzt aber noch **in den Wandschrank** schauen [82], den **Schreibtisch** inspizieren [75] oder den **Boden** absuchen [60].

79

BUCHER BEFREIEN ? Das sieht komisch aus. Bist du sicher, dass du die richtige Wahl getroffen hast? Geh zurück zur **77** und **überprüfe deine Lösung.**

80

Achtung! Lies nur weiter, wenn du den Zugang zu diesem Ort entsperrt hast! Sonst kehre dorthin zurück, von wo du kamst.

Der Lesesaal der Bibliothek liegt jetzt im Halbdunkel. Wenn du die Ohren spitzt, kannst du leises Knochenklappern hören. Skelette! Im schwachen Lichtschein vom anderen Ende des Raums kannst du sie endlich erkennen. Wie brav sie lesen! Wenn du sie nicht störst, kannst du den Saal erkunden. Du hoffst, von hier aus einen Weg zur Hexe zu finden … und vor allem zum Schlüssel des Spiels!

Max stößt mit einem seiner Hufe an etwas an.

— „Pssssst!", sagst du leise zu deinem Lama.

Doch es ist ein Schlüsselanhänger mit einem Tigerkopf … Adrians: der mit dem Glückstiger! Kein Zweifel – er war hier … wenn auch vielleicht nicht ganz freiwillig.

Du wagst dich bis zum Tresen der Bibliothekarin vor. Auch sie ist ein Skelett. Du erkennst sie an der Brille auf ihrem Schädel und der Brillenkette um ihren Hals. Sie ist in ein Buch vertieft. Zu ihren Füßen liegt ein hölzernes Rechteck, in das ein Tiger eingraviert ist. Adrians Handyschale! Er hat überall Dinge verteilt, damit du dich an ihnen orientierst. Endlich hast du eine Spur!

Auf allen vieren flüchtet ihr euch in den Gang mit den Enzyklopädien, in die heutzutage niemand mehr reinschaut.

Man müsste die Bibliothekarin von ihrem Tresen weglocken, um dessen Umgebung zu untersuchen. „Bücher befreien" hat Adrian vorhergesagt – des Rätsels Lösung liegt auf jeden Fall irgendwo hier!

— „Wir müssen sie irgendwie ablenken", sagst du leise zu Max.

— „Und wenn wir in einer entlegenen Ecke Musik machen, sodass sie uns suchen geht? Mit einem Notenblock kannst du doch ein Musikinstrument herstellen!“

Die Idee ist raffiniert. Hast du einen **Notenblock** in deinem Verzeichnis?

Wenn nicht, dann kehr um. Im **Musiksaal** [35] könntest du einen finden. Auf jeden Fall findest du dort Instruktionen, die dir weiterhelfen. Und versuch's danach mit einer **Kombination!**

81

Aus einem **Goldblock** und einem **Notenblock** versuchst du vergeblich, eine **Glocke** herzustellen. Ein Glöckchen wäre dir lieber gewesen. Eine Glocke ist so riesig, du hast keine Ahnung, wie du sie im Bücherregal aufhängen sollst.

— „Ich denke mal, das funktioniert nicht“, sagt Max. „Glaubst du wirklich, dass man sowas selbst herstellen kann? Anscheinend kann man sie nur fertig kaufen ...“

Du solltest es mit einer anderen **Kombination** versuchen.

82

Die Türen zum **Wandschrank** stehen weit offen – als wäre keine Zeit mehr geblieben, sie zu schließen. Das passt gar nicht zur ordentlichen Direktorin, denn drinnen im Schrank ist alles sorgfältig aufgeräumt. Hier ist auf jeden Fall irgendetwas passiert.

Angesichts der Menge an Akten musst du stöhnen: Diese Papierberge werden dich unter sich begraben.

— „Nur Mut", tröstet Max. „Wir suchen einen runden Gegenstand. Der kann gar nicht zwischen den Akten sein – vielleicht dahinter."

Guter Gedanke. Du legst die Akten auf den Boden, um auch hinten im Schrank nachsehen zu können. Schnell hast du zwei Regalreihen ausgeräumt und nimmst die dritte in Angriff, in der Archivboxen stehen. Eine von ihnen ist viel leichter als die anderen – und dabei ist sie ziemlich groß. Das ist ein Täuschungsmanöver, denn in der Schachtel steckt **eine Kiste!** Wenn sie einer Hexe gehört, muss sie wirklich wahre **Schätze** enthalten! Sie ist mit einem **elektronischen Schloss** gesichert, wie modern! Kennst du den Code schon? Dann spring zum entsprechenden Kapitel.

Ist das nicht der Fall, dann such weiter – im **Blumentopf** [78], auf dem **Boden** [60] oder auf dem **Schreibtisch** [75].

83

Achtung! Lies nur weiter, wenn du den Zugang zu diesem Ort entsperrt hast! Sonst kehre dorthin zurück, von wo du kamst.

Blitzschnell schleichst du dich in den Geheimgang – mit Max, der sein Konzert nur ungern beendet und die Skelette angesichts dieses musikalischen Lamas sprachlos zurücklässt. Das Bücherregal schließt sich hinter euch, und ihr steht im Dunkeln.

Dir wird klar: Du weißt gar nicht, wie man den Zugang wieder öffnet! Dir bleibt also nichts anderes übrig als dich vorzuwagen.

Du stehst ganz oben auf einer feuchten, düsteren Steintreppe. Nur eine Hexe kann sich diesen Geheimgang ausgedacht haben!

Deine Augen gewöhnen sich an die Dunkelheit, doch es fällt dir schwer, entferntere Dinge wahrzunehmen. Vorsichtig steigst du die Stufen hinab und versuchst, nicht auszurutschen.

Plötzlich hörst du ein heiseres Grunzen, das offensichtlich vom unteren Ende der Treppe kommt. HÖÖÖOOOOH!

Oh nein, nicht schon wieder! Dieses Geräusch ist dir inzwischen nur allzu gut bekannt: noch ein Zombie!

Du hältst an und beginnst, mit Max zu tuscheln:

— „Was sollen wir tun?“, flüsterst du. „Wir laufen direkt auf einen Zombie zu!“

— „Aber du hast doch jede Menge Zutaten dabei“, antwortet das Lama. „Warum machst du daraus keinen **Zaubertrank?** Nimm doch Adrians Rezeptbuch zu Hilfe. Lies dir die Rezepte genau durch, denn du brauchst bestimmte Gegenstände für den Trank!“

Aber welcher soll es sein? Ohne Licht und mit einem Zombie, der dich erwartet – bist du da besser schnell, unsichtbar oder nachtsichtig? Du hast nur genügend Zutaten für **einen einzigen Trank!**

Überleg es dir gut! Und stell dann aus den Zutaten in deinem Vorrat den Trank deiner Wahl her. Vergiss nicht, die verbrauchten Zutaten in deinem **Verzeichnis** zu streichen.

Hast du das **Schnelligkeitselixier** gewählt, mach bei **87** weiter.

Hast du das **Unsichtbarkeitselixier** gewählt, mach bei **91** weiter.

Hast du das **Nachtsichtelixier** gewählt, geh zu Nummer **86**.

84

Was ist diese Hexe hässlich – mit ihrer Warze und der langen Nase! Aber genau genommen war sie schon als Direktorin keine Schönheit ...

Während ihres Streits mit Herrn Bachmayer, der plötzlich wieder zum Menschen geworden ist, hat sie nicht auf die kleine Tür geachtet, die er bewachte. Max und du schleicht hinter ihr her in ihre Kammer. Auf deiner Zunge spürst du noch den Geschmack des Unsichtbarkeitselixiers, und das Redstone-Pulver verlängert sogar noch dessen Wirkung! Trotzdem musst du schnell handeln.

In der Mitte der Kammer steht eine Werkbank mit einem Destillierkolben und verschiedenen Fläschchen mit Zaubertränken in allen Farben. Dazu ein kleiner Gegenstand unter einer Glasglocke. Er ist rund! Rund und unverpixelt, wie ein Gegenstand aus der realen Welt. **Du hast den Schlüssel zum Spiel gefunden!**

Du hörst ein Stöhnen und drehst dich um. In einer Ecke entdeckst du einen rothaarigen Jungen, der ein T-Shirt mit Tigermotiv trägt. Er ist in einem hohen Eisenkäfig gefangen. Adrian!!

Du willst schon zu ihm rennen, als die Hexe erneut den Raum betritt, sich wieder an ihre Werkbank stellt und sich weiter über den Beratungslehrer aufregt.

Du musst Adrian retten und den Schlüssel zum Spiel an dich bringen. Um den Ort genauer zu erkunden, begib dich zu Nummer 94.

85

Achtung! Lies nur weiter, wenn du den Zugang zu diesem Ort entsperrt hast! Sonst kehre dorthin zurück, von wo du kamst.

Du öffnest die Tür zum **Büro der Direktorin**: Niemand da. Was nicht verwunderlich ist, denn dass Herr Pichler Wache schieben musste, heißt nur, dass die Direktorin nicht da war. Du gehst mit Max hinein. Auf dem Fußboden herrscht Chaos! Ein Stapel Bücher und etliche Gegenstände liegen verstreut herum. Was ist hier passiert? Im Gegensatz dazu wirkt der Schreibtisch sehr aufgeräumt. Das sieht schon eher nach der Direktorin aus. Bis auf ihren Bürosessel, einige Stühle und einen weit geöffneten Wandschrank ist nichts weiter im Raum außer einem großen Blumentopf auf der Fensterbank.

Willst du im **Schrank** einen Hinweis suchen, geh zur **82**. Willst du dir den **Blumentopf** ansehen, zur **78**. Du kannst auch den **Schreibtisch** inspizieren **[75]** oder den **Fußboden absuchen** **[60]**.

86

Du hast dir eine **goldene Karotte** gebastelt, die zusammen mit dem besonderen Trank ein köstliches **Nachtsichtelixier** ergibt. Du hast alle Zutaten, die du verbraucht hast, aus deinem Verzeichnis gestrichen. Kaum hast du das Elixier getrunken, siehst du die Treppe vor dir wie bei Tageslicht. Fast könntest du vergessen, dass du in einem Geheimgang bist! Schon erkennst du den unbewegt dastehenden Zombie. Aber er hat dich auch gesehen ... Und mit deiner Supersehkraft allein wirst du ihm wohl nicht entwischen können! Du sitzt in der Falle – **und der Zombie hat dich schon in der Mangel.** Du schlägst ihn, doch er ist viel stärker als du. Ein ungleicher Kampf, und **du hast ihn verloren.** Geh zur **42**.

87

Du kippst das **Schnelligkeitselixier** herunter, das entstanden ist, nachdem du Zucker zum besonderen Trank hinzugefügt hast. Die Wirkung ist sofort da: Schnell springst du die Treppenstufen hinab. Dein Übermaß an Energie hat dich die einfachsten Vorsichtsregeln vergessen lassen. Unten vor einer kleinen Tür steht ein Zombie. Allerdings hat er dich auch entdeckt! Sofort steigst du die Treppe wieder hinauf und nimmst dabei mehrere Stufen auf einmal.

Blitzschnell bist du wieder oben am Eingang. Aber dir ist schon jetzt klar, dass du verloren hast, denn du weißt nicht, wie sich die Tür öffnen lässt. Du stöhnst vor Angst, als du den **Atem des Zombies** in deinem Nacken spürst. Seine schwere Faust trifft deinen Kopf. Begib dich zur **42**.

88

Du hattest gehofft, dein Gold behalten und in die reale Welt mitnehmen zu können. Doch du legst dem Zombie einen **Goldblock** vor die Füße. Kaum hast du ihn losgelassen, beugt der Zombie sich vor, und das Gold glitzert vor seiner Nase.

– HÖÖÖÖOOOH!, gibt er überrascht von sich.

Er wirkt jetzt etwas weniger schlecht gelaunt. Doch das ändert nichts an deiner Situation. Du solltest dein Gold wieder an dich nehmen und eine **andere Kombination** ausprobieren.

89

Viel hast du nicht mehr übrig – ein bisschen **Redstone** vielleicht? Du könntest mehrere Notenblöcke miteinander verbinden, um sie zum Spielen zu bringen. Du würdest eine herrliche Sinfonie komponieren und ... Max das Lama scharrt ungeduldig mit einem Vorderhuf.

Du schweifst ab! Versuch es lieber mit einer **anderen Kombination.**

90

Du gibst die **90 in das elektronische Schloss** an der Kiste der Hexe ein. Doch es passiert nichts, also versuchst du es noch einmal. Du hörst ein Klicken – jetzt hat es funktioniert! Der Code hat vier Ziffern, und man muss die 90 zweimal eingeben!

Dein Herz klopft. Du hebst den Deckel der Kiste an.

GOLD! Gold in verschiedenen Formen – in Klumpen und in ganzen Blöcken!

— „Ich bin reich, ich bin reich!“, rufst du und vollführst einen kleinen Freudentanz.

— „Pssst, nicht so laut!“, flüstert Max. „Ich möchte dich daran erinnern, dass dieses Gold dir dabei helfen soll, in die reale Welt zurückzukehren, und nicht, dich zu bereichern.“

Schade ... Du zählst dein Gold: **8 Klumpen** und **8 Blöcke.** Hake sie in deinem **Verzeichnis** ab.

Ein schöner Schatz, aber du musst weiter nach dem Schlüssel zum Spiel suchen. Wenn er nicht hier ist, ist er bei der Hexe ... In den Abschnitten **60** oder **78** kannst du das **Büro noch weiter untersuchen.** Alternativ kannst du an einen anderen Ort zurückkehren, zu dem du Zugang hast.

91

Es war gar nicht so einfach, das **Unsichtbarkeitselixier** herzustellen. Du brauchtest eine goldene Karotte und ein gegorenes Spinnenauge. Beides musstest du deinem Vorrat entnehmen. Doch du hast eine intelligente Wahl getroffen! Du kannst vielleicht auf dieser Treppe nicht allzu viel sehen, aber zumindest kann der Zombie dich auch nicht sehen, wenn du vor ihm stehst!

Du willst gerade deinen Trank trinken, da hält Max dich zurück.

— „Warte! Hast du **Redstone-Pulver?** Und hast du gesehen, was Adrian in seinem Rezeptbuch notiert hat? Das verlängert die Wirkung des Elixiers."

Wenn du Redstone-Pulver hast, gib eine **kleine Prise** davon in deinen Trank, **trink ihn** und geh weiter zu Nummer 93. Und streich das Elixier in deinem **Verzeichnis** durch.

Wenn nicht – tja, dann ist es leider zu spät, um noch welches zu besorgen! **Trink das Elixier ohne weitere Zutat** und begib dich ebenfalls zu Nummer 93.

Und vergiss nicht, auch Max einen Schluck abzugeben!

92

Auf Zehenspitzen schleichst du dich an und legst **den Apfel** vor den Zombie. Sobald du ihn loslässt, kann er ihn sehen. Er stößt einen fast fröhlich klingenden Grunzlaut aus, beugt sich vor, schnappt sich den Apfel und verschlingt ihn im Ganzen.

Doch es passiert nichts. Immerhin hast du ihm mit diesem kleinen Snack wieder zu Kräften geholfen.

In ein paar Minuten wirst du wieder sichtbar werden und zusammen mit einem Zombie in diesem engen Gang festsitzen.

Du weißt schon jetzt, dass **dein Weg hier zu Ende ist,** und dir wird eiskalt vor Schreck. Geh zu Nummer **42**.

93

Um auf den feuchten Steinen nicht auszurutschen, stützt du dich mit rechts an der Mauer ab und hältst dich mit links an Max fest.

— „Aua“, beschwert sich Max.

— „Nicht so laut“, flüsterst du. „Wir sind zwar unsichtbar, aber nicht unhörbar.“

Diese Treppe hört gar nicht mehr auf. Nach einer endlosen Weile stößt du auf einen Zombie, der eine kleine Tür bewacht.

Aus dem Raum hinter der Tür dringt höhnisches Lachen nach draußen. Ein Hexenlachen! Du bist so nah am Ziel! Aber was tun?

— „Wie wär’s mit einer kleinen **Kombination?“,** murmelt Max.

Dein Vorrat ist fast leer. Aber eine Kombination ist die einzige Wahl, die dir bleibt.

94

Du siehst dir Adrians Käfig genau an. Er hat ja gar keinen Boden! Oben ist ein Kabel befestigt, das bis zur Zimmerdecke reicht und

dort von Seilwinden und Zahnradgetrieben gehalten wird. Auch zwei weitere Käfige ohne Boden sind an der Decke befestigt. Du studierst alle Verkabelungen genau und kannst schließlich das Zahnrad identifizieren, mit dem sich Adrians Käfig in die Höhe ziehen ließe ... Und das träfe sich gut, denn dadurch würde sich gleichzeitig ein Käfig herabsenken, in dem die Hexe gefangen wäre!

Aber wie setzt man das Rad in Gang?

In der Nähe der Tür sind drei Schalter. Ein Schaltplan besagt, dass man mit ihnen die Räder in Bewegung setzen kann! Selbst als Hexe ist diese Direktorin noch immer bestens organisiert ...

Aufmerksam siehst du dir den Plan an. Damit Adrians Käfig zur Decke schwebt, muss sich das kleine Zahnrad D **im Uhrzeigersinn** drehen.

Die drei Zahnräder A, B und C lassen sich an ihrem Schalter nur im Uhrzeigersinn drehen. Du kannst allerdings nur einen Schalter betätigen, nicht mehrere gleichzeitig.

Welches der Räder A, B oder C musst du also in Bewegung setzen, damit sich Rad D in die von dir gewünschte Richtung dreht (der Uhrzeigersinn für D wird durch einen grünen Pfeil angezeigt)?

Willst du:

- **Schalter A aktivieren,** geh zur 100;
- **für Schalter B** geh zur 101;
- **für Schalter C** geh zur 97.

95

Die Hexe! Diese krankhafte Blässe tut der ohnehin schon bleichen Gesichtsfarbe der Direktorin gar nicht gut. Du willst gerade ihr Refugium betreten, da taucht Max neben dir auf. Verdammt! Wenn er wieder sichtbar ist, dann bist du es auch!

Und tatsächlich schaut die Hexe euch voller Wut an. Dann aber zeigt sich ein zynisches Lächeln auf ihrem Gesicht. Sie fragt:

— „Was darf's denn sein? Ein Gift-, ein Schwäche- oder ein Schadenstrank?“

Es wird deine **allerletzte Wahl** sein. Begib dich zur **42**.

96

Hinter dem Platz der Bibliothekarin steht eine Reihe Bücher. Doch du entdeckst nichts, was der Schlüssel zum Spiel sein könnte, auch keinen Hinweis von Adrian. Du schaust dir die Buchtitel an. Hauptsächlich sind es Sprachlehrwerke ... bis auf eins.

Eines der Bücher erinnert dich an irgendwas. Ist das nicht eine **Spur, die zur Hexe führt?**

97

Kaum hast du **Schalter C** betätigt, schwebt Adrians Käfig in die Höhe. Das erregt natürlich die Aufmerksamkeit der Hexe, doch es ist zu spät: **Ein zweiter Käfig senkt sich auf sie herab** und sie ist gefangen! Gut gemacht!

Und perfektes Timing, denn genau da werdet ihr – Max und du – wieder sichtbar. Ihr stürzt auf Adrian zu, der aus seinem Käfig befreit ist und seinen Augen nicht traut. Er gratuliert dir – doch ohne seine Hilfe hättest du es nie bis hierher geschafft!

Die Hexe verflucht euch aus ihrem Käfig. Und ihr könnt endlich den Schlüssel an euch nehmen. Der kleine runde Gegenstand liegt in deiner Hand. Es ist kein Schlüssel, sondern eher eine Art Knauf. Außen ist das Wort „Toiletten“ eingraviert.

Der Türgriff zu den **Toiletten!** Der hatte heute Morgen gefehlt. Aber klar – da hatte das Ganze angefangen! Da hatte Adrian den falschen Unbesiegbarkeitsbefehl eingegeben und den Blitzschlag in *Minecraft* ausgelöst. Dir kommt es so vor, als wäre das schon hundert Jahre her.

— „Wir müssen dahin zurück“, sagst du. „Aber wir wissen nicht, wie man die Tür zum Geheimgang öffnet.“

— „Wir schauen uns das mal an“, schlägt Adrian vor und öffnet die Tür zur Kammer, die allerdings dunkel ist.

— „Wir könnten doch einfach das Licht anmachen“, sagt Max, der den Kopf in den Gang gesteckt hat und jetzt mit der Schnauze auf einen Lichtschalter deutet.

Aber klar! In der Dunkelheit hattet ihr übersehen, dass an der Decke eine Glühbirne hängt, und der Zombie brauchte ja kein Licht! Du drückst auf den Schalter, und im Gang wird es hell. Auf dem Boden liegt der Beratungslehrer in Zombie-Gestalt. Wahrscheinlich hat die Hexe ihn in Schlaf versetzt. Ihr rennt die Treppe hoch, um die Lage zu begutachten.

Und ihr entdeckt, dass in das hölzerne Schild, das den Ausgang blockiert, eine Zeichnung mit Zahlen eingebrannt ist:

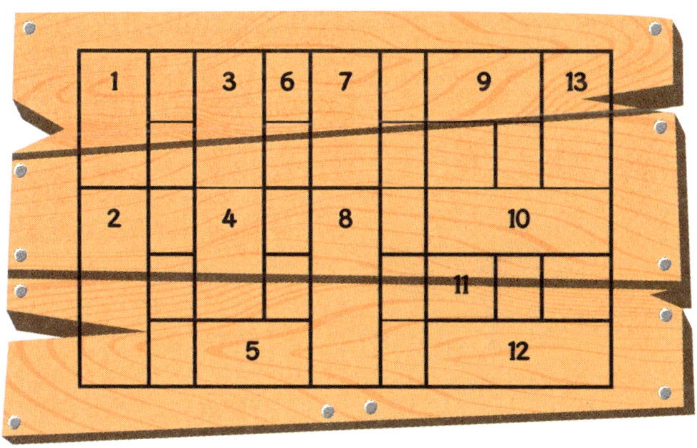

— „Ich bin mir sicher, das ist ein Code“, sagt Adrian. „Die Felder geben nach, wenn man auf sie drückt.“

— „Ja, aber auf welche muss man drücken?“

— „Und wenn ihr einfach der Reihe nach vorgeht?", sagt Max.

Gar nicht dumm – fangen wir also mit dem Einfachsten an! In der von der Zeichnung vorgeschlagenen Reihenfolge drückst du auf ein Feld nach dem anderen.

Um die Lösung herauszufinden, solltest du die **nummerierten Felder ausmalen.** Dann weißt du, wohin du gehen musst.

- 98 -

Du machst etwas aus dem **Apfel** und den **acht Goldblöcken,** die du noch hast. Danach hast du dann eben nichts mehr!

Das Ergebnis ist gar nicht so schlecht – ein vergoldeter Apfel, von dem ein Leuchten ausgeht! Nach Art der Hexe in *Schneewittchen* legst du ihn dem Zombie zu Füßen.

Der Zombie selbst wirkt fast schon sympathisch in seinem engen, zerlumpten Hardrock-T-Shirt. Er staunt über die Schönheit des Apfels, hebt ihn auf, beißt rein und fängt an zu kauen.

Plötzlich ertönt ein Pfeifen. Der Zombie beginnt zu zittern. Vor deinen Augen verwandelt er sich in ...

... Herrn Bachmayer, den Beratungslehrer vom Gymnasium! Der immer so cool tut mit seinen angesagten T-Shirts, die ihm viel zu eng sind.

— „Du hast einen Zauberapfel fabriziert!“, freut sich Max. „Einen, der Zombies in Dorfbewohner zurückverwandelt!“

— „Äh ... was geht hier vor?“, fragt Herr Bachmayer sichtlich verstört. „Wo bin ich?“

Zum Glück kann er dich nicht sehen, denn sonst würde er eine Erklärung verlangen!

Du hast einen Zugang entsperrt! Du kannst zur **99** gehen.

99

Achtung! Lies nur weiter, wenn du den Zugang zu diesem Ort entsperrt hast! Sonst kehre dorthin zurück, von wo du kamst.

Plötzlich öffnet sich die kleine Tür hinter dem ehemaligen Zombie. Man hört eine gellende Stimme rufen:

— „Was ist denn hier los?“

Wenn du **Redstone-Pulver** in deinen Zaubertrank getan hast, geh zu Nummer **84**. Wenn nicht, geh zur **95**.

100

Du betätigst **Schalter A,** doch nichts passiert – du musst dich geirrt haben. Du trittst ein paar Schritte zurück, um dir

die Kabel anzusehen, doch da fällt mit einem metallischen Krachen ein weiterer Käfig von der Decke!

— „Vorsicht!“, hatte Adrian noch geschrien.

Doch es ist zu spät. Der zweite Käfig ist auf dich draufgefallen! Die Hexe blickt von ihrem Destillierkolben auf und sieht dir direkt in die Augen. Du hast zu viel Zeit verloren und bist nicht mehr unsichtbar!

— *„HIHIHIHIHIHIHI!“*, kichert sie.

Adrian und du, ihr schaut euch verzweifelt an ... und seid dazu verdammt, dieses Kichern bis zu **eurem letzten Tag** zu hören. Und der wird nicht lange auf sich warten lassen. Begib dich zur **42**.

101

Du drückst auf **Schalter B,** doch es passiert **überhaupt nichts.** Schnell! Geh zurück zu Nummer **94** und drück auf einen anderen Schalter, bevor du wieder sichtbar wirst!

102

Die Tür zur Bibliothek öffnet sich! **Bravo – ihr habt's geschafft!**

Ihr rennt mit Vollgas durch die Schule, ohne auf die Skelette im Lesesaal, den an seiner Krawatte festhängenden Creeper und die Schweinezombies zu achten.

Auf der Toilette angekommen, steigst du über die Trennwand in die Kabine, steckst den Knauf fest und öffnest die Tür.

Vor dir steht Adrian, unverpixelt, in einer Welt voller runder Dinge – in einer Welt, die real ist.

Herzlichen Glückwunsch!

Du hast alle Hindernisse gemeistert und den Schlüssel zum Spiel gefunden!

EPILOG

— „Beeil dich, sonst kommen wir zu spät zu Herrn Pichler!“, ruft Adrian und rennt aus der Toilette.

Der hat sich ja schnell von eurem Abenteuer erholt! Um dich herum hat die Schule zu ihrem normalen Alltag zurückgefunden. Ihren Lieblings-Rap summend, schlendert Jasmin in den Klassenraum, vorbei an Herrn Pichler, der mit strenger Miene und gerader Krawatte an der Tür auf sie wartet. Als wäre gar nichts passiert. Hast du das alles denn nur geträumt?

Voller Zweifel durchwühlst du deinen Rucksack: nur deine Mathe-Hausaufgaben und dein Handy. Du greifst es dir und suchst nach Adrians verschlüsselten Nachrichten. Doch du findest sie nicht. Du schaust in deine geöffneten Apps und vor allem in deine Fotogalerie.

Auch da ist nichts mehr ... außer einem letzten Foto. Es ist ein Porträt – das Selfie eines großen weißen Quaders mit Ohren.

Anders ausgedrückt: Das Foto zeigt ein weißes Lama aus *Minecraft* ... das dir die Zunge rausstreckt!

IMPRESSUM
Published in the French language originally under the title: Escape book - Le collège infern

Übersetzung: Holger Möhlmann
Lektorat und Satz: Katrin Höller/writehouse
Coveradaption: Beate Lennartz

Gesamtproduktion: Ullmann Medien GmbH, Rolandsecker Weg 30, 53619 Rheinbreitbac

ISBN 978-3-7415-2568-1

10 9 8 7 6 5 4 3 2 1

www.ullmannmedien.com

A1

VERZEICHNIS

Hake für alles, was du findest, das entsprechende Kästchen ab. So behältst du den Überblick. Halte durch Einkreisen der Symbole auch die Anzahl der Gegenstände fest – sie kann zwischen 0 und 8 schwanken. Schreibe mit Bleistift und radiere alles wieder aus, was du verbraucht hast.

Waffen, Hilfsmittel und Esswaren

☐ Handy
☐ Nemesis der Gliederfüßer
☐ Rezeptbuch (siehe A5)
☐ Schere
☐ Redstone-Pulver
☐ Schlüssel zum Hof
☐ Schlüssel zur Halle
☐ Schüssel 45
☐ Notizzettel (gefunden in Kapitel Nr___)
☐ Notenblock
☐ Bogen
☐ Pfeil
☐ Stock
☐ Feder

☐ Schnur
☐ Eisenblock
☐ Feuerstein
☐ Goldklumpen
☐ Goldblock
☐ Weizen
☐ Milch
☐ Zucker
☐ Ei
☐ Kürbis
☐ Karotte
☐ Apfel
☐ Mohn
☐ Spinnenauge
☐ Champignon

Zutaten und Zaubertränke

- ☐ Besonderer Trank
- ☐ Nachtsichtelixier
- ☐ Schnelligkeitselixier
- ☐ Unsichtbarkeitselixier

A2

KOMBINATIONEN

Alle Kombinationen, die du während deines Abenteuers ausprobieren kannst: Du kannst jede der in den Zeilen angegebenen Situationen mit den Objekten in den Spalten kombinieren und dir das Ergebnis jeweils im Abschnitt mit der entsprechenden Nummer ansehen. Doch Vorsicht: Du darfst kein Objekt benutzen, das du (noch) nicht besitzt!

	Karotte	Redstone-Pulver	Mohnblume
Mooshroom	31	54	41

	2 Stöcke + 1 Schnur	3 Stöcke + 2 Schnüre	3 Stöcke + 3 Schnüre
Gärtnerhaus	36	57	49

	Karotte	Schere	Redstone-Pulver
Kürbis	47	52	34

	Schüssel	Nemesis der Gliederfüßer	Rezeptbuch
Spinne	44	74	65

	Kürbis	Goldblock	Redstone-Pulver
Notenblock	76	81	89

	1 Goldblock	Apfel	8 Goldblöcke + Apfel
Zombie im Geheimgang	88	92	98

• A3 •

HINWEISE UND LÖSUNGEN

• 4 •

Hinweis:

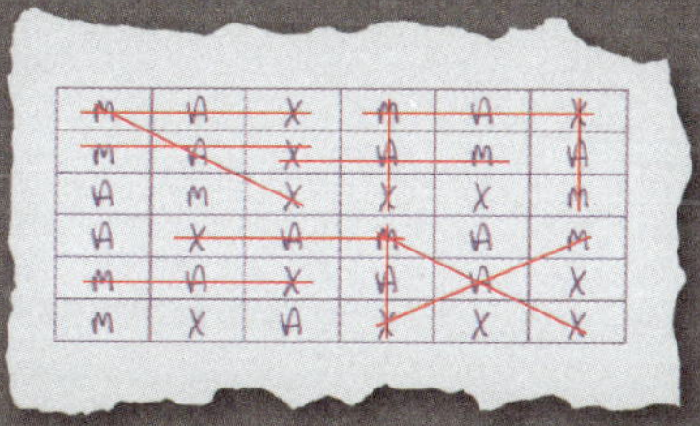

Lösung: Du findest den Namen Max **zwölfmal.** Du musst also zu Abschnitt **12** gehen.

• 11 •

Hinweis: Leg den zugeschnittenen Rahmen von der letzten Seite auf. Achte darauf, ihn richtig herum aufzulegen!

Lösung: Folgende Sätze nebst einer Zahl werden lesbar (von oben nach unten und von links nach rechts):

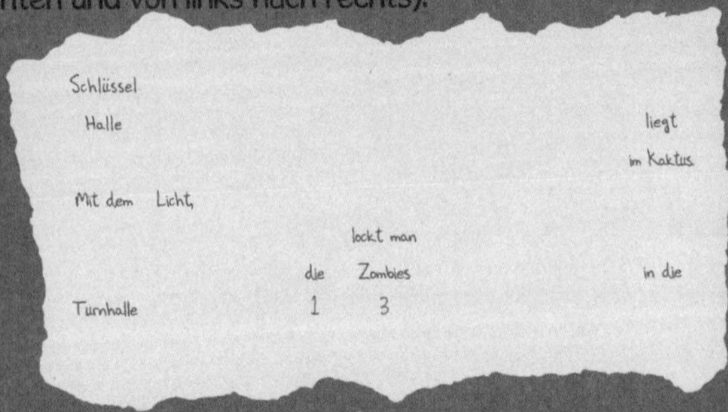

Du musst dich also zu Abschnitt **13** begeben.

19

Hinweis: In Adrians Rezeptbuch steht, was du zum Backen brauchst:

Kuchen = 3 x Weizen + 3 Eimer Milch + 2 x Zucker + 1 Ei

Kürbistorte = 1 x Zucker + 1 Ei + 1 Kürbis

Das ergibt insgesamt 12 Zutaten.

Dann isst Max 1 Packung Weizen und du isst 1 Karotte.

Lösung: Du hast **14 Zutaten** verbraucht – geh also zu Nummer **14**.

20

Hinweis: Jeder Buchstabe in Adrians Nachricht wurde durch den ersetzt, der im Alphabet unmittelbar folgt. Du kannst dich nach dieser Tabelle richten:

b	c	d	e	f	g	h	i	j	k	l	m	n	o	p	q	r	s	t	u	v	w	x	y	z	a
a	b	c	d	e	f	g	h	i	j	k	l	m	n	o	p	q	r	s	t	u	v	w	x	y	z

Lösung:

Mach dir einen Bogen (aus Stock + Schnur)

???

Stoecke aus dem Hof!

Der Schluessel zum Hof ist im Klavier in der Dreiundvierzig.

Was?

Was?

Ich versteh kein Wort.

:(

Geh also zur Nummer **43**.

▪ 23 ▪

Hinweis: Nimm noch mal die Schablone zur Hand, die du für das Rätsel in Abschnitt 11 benutzt hast. Achtung: Leg sie jetzt andersherum auf!

Lösung: Folgende Sätze nebst einer Zahl werden lesbar:

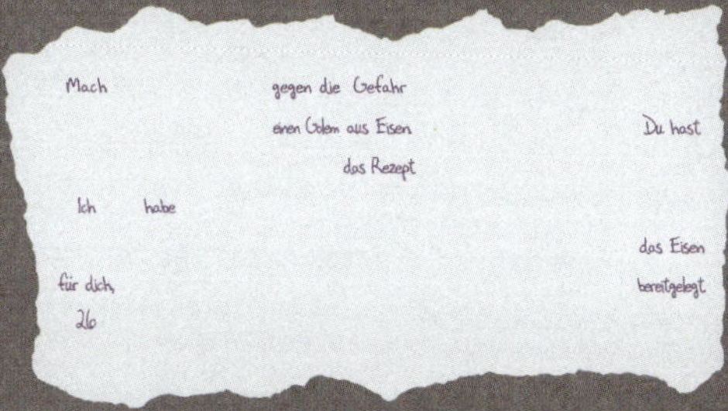

Du musst dich also zu Abschnitt **26** begeben.

▪ 37 ▪

Hinweis: Achte genau auf die Größe der Steine.

Lösung: Die Steine in Stapel 40 sind zu klein, die in Stapel 48 zu groß. Die Steine von Stapel 24 passen genau ins Loch, du musst dich also zu Nummer **24** begeben.

• 53 •

Hinweis: Schau dir in Abschnitt 7 Herrn Pichlers Notizzettel noch einmal an, mit dessen Hilfe er sich seinen Code einprägen will. Schau in Abschnitt 56 auf den Stundenplan und suche nach der einzigen gemeinsamen Freistunde aller vier Lehrer.

Lösung: Die gemeinsame Freistunde trägt die Nummer 59. Begib dich also zu Abschnitt **59**.

• 75 •

Hinweis: Zeichne einen kleinen Strich für jeden Schritt, der auf dem Kissen beschrieben wird: Striche nach oben für die Schritte nach vorn, Schritte nach unten für Schritte nach hinten sowie Striche nach rechts und nach links. Bei einem Sprung hebst du deinen Stift an und machst rechts von dem weiter, was du bis dahin gezeichnet hast. Du zeichnest eine Zahl!

Lösung: Begib dich zu Nummer **90**.

• 96 •

Hinweis: Nur das Buch *Hexen heute – Band 15 – Hass und Zen* ist kein Sprachlehrwerk. Es ist auch das einzige Buch, das eine Nummer hat, nämlich die 15.

Lösung: Geh zu Nummer **15**.

• 97 •

Hinweis: Die ausgemalten Felder ergeben die Zahl 102.

Lösung: Begib dich zu Nummer **102**.

· A4 ·

GEBÄUDEPLAN

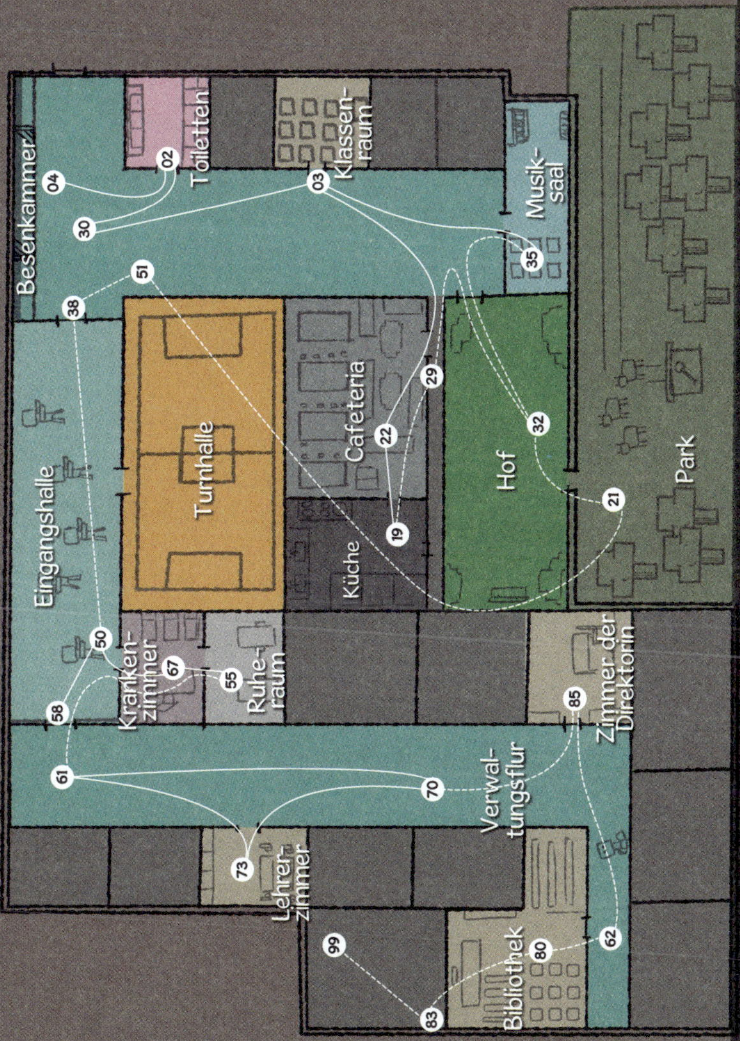

A5

REZEPTE AUS ADRIANS BUCH

Achtung: Lies nicht weiter, wenn du nicht hierhin verwiesen wurdest!

Kuchen: 

Kürbistorte: 

Goldene Karotte 

Gegorenes Spinnenöl 

Eisengolem:  (in T-Form)

 (geformt)

Pfeil: 

Schnelligkeitselixier: 

oder mit einer <u>Schüssel</u>: eine braune Mooshroom melken, die eine Mohnblume gefressen hat

Unsichtbarkeitselixier: 

Nachtsichtelixier: 

Redstone-Pulver verlängert die Wirkung eines Zaubertranks!

- 1. MAGISCHE SCHABLONE -

Mit dieser magischen Schablone kannst du Adrians richtige Botschaft erscheinen lassen. Aber zuerst musst du ein bisschen basteln!

Schneide die Schablone entlang der gestrichelten Linien aus, also auch die kleinen grauen Bereiche! Lege die Schablone dann auf den verschlüsselten Text – so herum, dass es passt! Eine Nachricht und eine Zahl sollten dann erscheinen.

Wenn du dein Buch nicht zerschneiden möchtest, kannst du diese Seite kopieren.

- 2. ZERRISSENE NACHRICHT -

Schneide diese halbierte Nachricht aus und lege sie jeweils unter die drei möglichen anderen Hälften auf S. 77, um die Nachricht zu vervollständigen.

1.

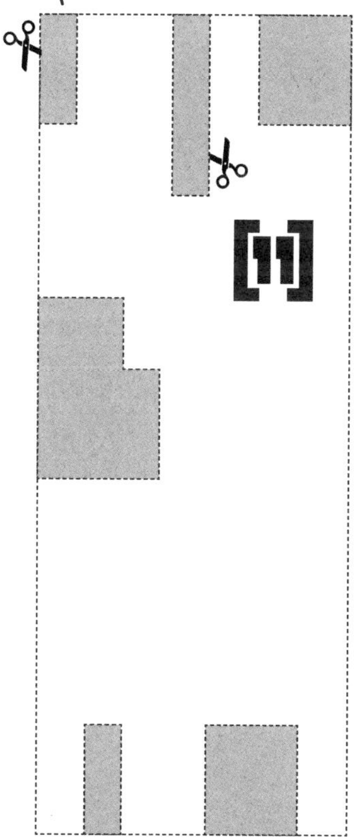

2.

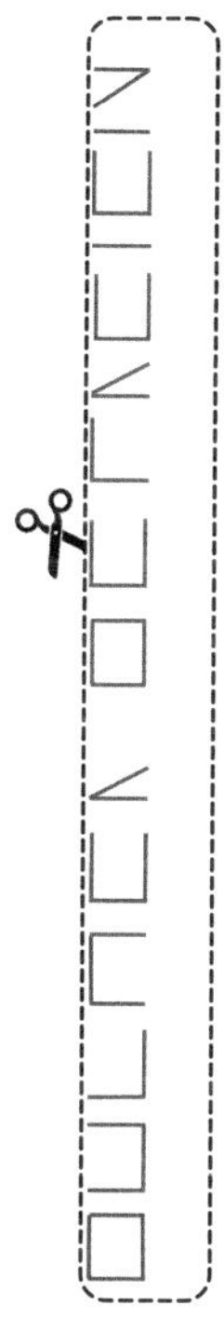

REZEPTE AUS ADRIANS BUCH

Kuchen: 

Kürbistorte: 

Goldene Karotte 

Gegorenes Spinnenöl 

Eisengolem:  (in T-Form)

 (geformt)

Pfeil: 

Schnelligkeitselixier: 

oder mit einer <u>Schüssel</u>: eine braune Mooshroom melken, die eine Mohnblume gefressen hat

Unsichtbarkeitselixier: 

Nachtsichtelixier: 

Redstone-Pulver verlängert die Wirkung eines Zaubertranks!